Doris Leupold, Juni 02

MERIDIANE

Aus aller Welt

Band 24

Ruth Schweikert

Augen zu

Roman

Ammann Verlag

2. Auflage

Satz: Dörlemann Satz, Lemförde
Druck: Clausen & Bosse, Leck
ISBN 3-250-60024-5

Vorausgesetzt

Als Kind wünschte ich mir an manchen Tagen schon frühmorgens dringend irgend etwas, das nicht Milch hieße und Butter und das tägliche Brot gib uns heute. Und es reichte auch nirgends hin, noch fünf Minuten länger im Bett zu bleiben und mir meine Haare stark und schwarz und gelockt vorzustellen. Ich stellte mir vielleicht das gleißend helle Licht in einer Stadt vor und wünschte mir einmal mehr verboten viel Glück; für einen Tag nur und in ferner Zukunft wünschte ich mir: glückliche Kinder, genügend Geld, lauter gute Nachrichten, den überraschenden Besuch des Geliebten, der vielleicht einen aufregenden Beruf hätte und ständig unterwegs wäre.

Zwei Jahrzehnte später weckt man eines Morgens die Kinder, und sie decken an diesem Tag selbständig den Tisch, essen ihre Fruit Loops ohne die Milch zu verschütten, ziehen sich die richtigen Kleider an, vergessen das Turnzeug nicht und verabschieden sich ohne Hast oder Mißmut. Durch das Küchenfenster hört man sie singen: Are you happy and you know it, clap your hands, und als ihr Klatschen und Singen langsam in der Ferne verebbt, bringt der Briefträger einen Auszahlungsschein von der Krankenkasse über achthundert-

dreiundzwanzig Franken. Bevor man noch den Mantel angezogen hat, um das Geld abzuholen, rufen kurz nacheinander drei Freundinnen an; die eine ist frisch und glücklich verliebt, die andere hat sich glücklich getrennt; die dritte hat ihre Doktorprüfung glänzend bestanden.

Ich hatte das Geld auf der Post abgeholt und wollte nach Hause, als mir aus heiterstem, blaustem Himmel zwei Sätze von Walter Benjamin einfielen: Die Fee, bei der er einen Wunsch frei hat, gibt es für jeden. Allein nur wenige wissen sich des Wunsches zu entsinnen, den sie taten; nur wenige erkennen darum später im eigenen Leben die Erfüllung wieder; und ich beschloß, nicht nach Hause zu fahren, um dort womöglich überraschend den Geliebten anzutreffen, als er mir strahlend von der anderen Straßenseite her zuwinkte und ahnungslos in meine unglücklichen Arme fiel.

1

Niemandes Herz zerreissend

Zürich, Freitag, sechzehnter Juni 1995, neun Uhr fünfzehn; es regnete sanft auf Dachterrassen und Satteldächer der Stadt, auf die neunzehn durchsichtigen Lion's King-Regenschirme jener Erstkläßler, die in Zweierreihen obligatorisch unterwegs waren zur Schulschwimmanlage in der Besenrainstraße, auf die Gräber im Friedhof Nordheim, auf plattgetretene, zahnschonende Kaugummis in den Fußgängerzonen, durchs offene Schlafzimmerfenster auf die beiden Gesichter, fast reglos atmend, eines nicht mehr ganz jungen Mannes, Raoul Felix Lieben, und einer haargenau dreißigjährigen Frau, Aleks Martin Schwarz, die dreizehn Stunden später ein gesundes Kind zeugten, das namenlos starb und vor seiner Geburt.

Die Rohr Reinigungs Service AG reinigte Rohre; eine einzelne Birke stand schmal und unbeachtet schief in einem asphaltierten Hinterhof in der Bremgartnerstraße; der zuständige Abwart untersuchte kopfschüttelnd ein Damenfahrrad, das sich mit verrosteter Lenkstange und ohne

Versicherungsnummer an eine Hauswand lehnte, dabei das Gitternetz vor dem Kellerfenster leicht eindrückte. Daneben kauerte eine schwangere Buchhändlerin und zerrte zwei zu Fäusten geballte Kinderhände aus den Ärmeln einer rosa Jeansjacke, knöpfte diese sorgfältig zu und bestieg eine Honda Dominator. (Sie liebte die Vorstellung, ihr schaumstoffweiches Ehebett verwandle sich nachts im Schlaf in ein schmales Stück der Westmauer Jerusalems, deren Abbild sie aus Büchern kannte, in deren Ritzen sie und ihr Mann, gleich Hunderttausenden zuvor und danach, ihre winzigen zusammengefalteten Hoffnungen versenkten, ihre Totenklagen und den wiederkehrenden Neid auf die Nachbarin, dic immerzu gebrannte Mandeln aß, ohne zuzunehmen.) Also, sagte die Frau, du hast mich verstanden. Das Kleinkind hatte schwarzgelocktes Haar, im Gesicht ein Feuermal, das man später mit Laserstrahlen wegbehandeln würde, und es winkte minutenlang, als hätte jemand es aufgezogen, sein rechter Arm ein mechanisches Spielzeug, dem verschwundenen Motorrad nach, bevor es, niemandes Herz zerreißend, zu weinen anfing.

Siebenunddreißig Jahre alt, 1958 im Gartenhäuschen irgendeines Pariser Vororts und ohne Hebamme geboren als (einziges) Kind seiner Mutter, war Raoul gestern abend zum ersten

Mal aus Afrika nach Europa zurückgekehrt; say goodbye to Liberia, welcome back to Switzerland, dazwischen die unerträglich vertrauten Gesten, fasten your seatbelt, das Würzen von Tomatensaft mit Pfeffer und Salz. Seine Interviews mit Kindersoldaten, folgenlos und gut bezahlt, erschütternd für eine kalkulierte Einschaltquote von 28 Prozent, hatte er fortgeführt im Halbschlaf, den zwölfjährigen Maxwell begleitend, bis er seine toten Eltern im Flüchtlingslager von Monrovia lebend wiedergefunden hatte.

Wie die Gesichter mancher Ehepaare, die sich morgens vom Leinsamenbrot je ein schmales Stück abschneiden und abends gleichzeitig nebeneinander Naturkatastrophen fernsehen, an Sonntagnachmittagen spazierengehen, so hatten Aleks' und Raouls Gesichter einander sich angeglichen in den Jahrzehnten des Aufwachsens in der Kleinen Stadt, bevor sie einander zum ersten Mal gesehen hatten, am achtundzwanzigsten Mai des vorigen Jahres, kurz vor Mitternacht im Bistro Arleccino –

When you're growing up in a small town, sang im Hintergrund Lou Reed, there's only one thing you know: you have to leave –

Sein Körper lag mit geschlossenen Augen auf ihrem Körper in der Paradiesstraße von Zürich, die ihrer diskreten geschichtslosen Häßlichkeit wegen wohl so hieß; die vergessene Landschaft vielleicht bezeichnend, die sie vor mehr als fünfzig Jahren unter sich begraben hatte, die Weite jenes Himmels erinnernd, den die normierten Genossenschaftshäuser nun rhythmisch zerteilten, unweit des Autobahnzubringers in Richtung Italien, am zerschnittenen Südende der Stadt.

Wir werden ein Kind haben, sagte Aleks unvermittelt und ohne ihr nächstes Wort noch zu kennen, aber zuerst verlieren wir eines.

Irgendwo draußen lachte eine Nachbarin, die junge Portugiesin wahrscheinlich, überlegte Raoul, die Aleks einen alten Orientteppich geschenkt hatte und mit ihrem portugiesischen Mann zusammen ein Reinigungsinstitut betrieb. Ihr kleiner Sohn behielt beim Sprechen stets den Schnuller im Mund, und ihr kleines Haus im Norden Portugals, wo sie, wie sie sagten, kaum eine Arbeit finden würden, war beinahe schon bezugsbereit, und ausgeschlossen sei es, in der armen, ländlichen Gegend ein Putzinstitut aufzubauen.

Maxwell hatte überglücklich seine Eltern umarmt und sie beide, in der Umarmung verharrend, mit einer Spielzeugpistole und in Zeitlupe von hinten erschossen.

Aleks' Kinder waren, sieben und zehn Jahre

alt, längst zur Schule unterwegs; Lucas und Oliver, deren nächtlich unsichtbares Knochenwachstum Aleks zuweilen in den Augen schmerzte, in deren Glaskörpern einen Überdruck erzeugte, wenn sie den beiden beim Milchtrinken zusah, wie sie ihre Münder am Ärmel abwischten und auf ihren Fahrrädern wegfuhren; so natürlich programmiert schmerzlos fand es statt. Oliver war Mittelfeldspieler der E-Junioren beim FC Red Star, und Lucas hatte die schönsten Augen der Welt.

Das stand auf der Rückseite einer Kunstpostkarte, die neben dem Ehebett lag, das Aleks von ihren Eltern vorzeitig geerbt hatte; das Bild auf der Vorderseite hieß Sun in an empty room. Edward Hopper hatte 1963 (bevor Aleks' Eltern noch voneinander wußten), das Licht eines Sommernachmittags in ein leeres Zimmer strömen lassen, das man, das Bild betrachtend, betrat, wie man an Sonntagnachmittagen, nach Kaffee und Erdbeerkuchen, den Estrich des Elternhauses betrat, wenn man denn noch eines besaß, auf der Suche nach den Reliquien, den kaputten Gummibällen und Abziehbildchen irgendeiner Kindheit.

Ich sehe Ihren Sohn Lucas jeden Freitagmorgen auf dem Weg zur Schulschwimmanlage in der Besenrainstraße, hatte ein Unbekannter geschrieben oder eine Unbekannte, er hat die schönsten Augen der Welt.

Aleks war früh im Zustand des Verlangens erwacht, des Verlangens zu arbeiten; weiterzuarbeiten an ihren unfertigen Bildern, die immer erst in letzter Minute fertig wurden, wenn sie irgendwo ausstellte, neben dreihundert anderen, in riesigen stillgelegten Industriehallen, um vielleicht von einer Kunstkommission ein Stipendium zugesprochen zu bekommen.

Zwei- bis dreimal pro Woche, wenn er nicht für Reportagen in Melbourne, Anglikon oder Grindelwald unterwegs war, (wobei er sich weigerte von den Angehörigen eines verschollenen Fernfahrers sichtbare Tränen zu erpressen oder latente Fremdenhasser zur offen in die Kamera gesprochenen Morddrohung zu provozieren), betrat Raoul Lieben vorsichtig, um die Kinder nicht zu wecken, abends um halb zehn die äußerst hellhörige Wohnung. Dann tranken sie Rotwein, holten aus dem Kühlschrank die Literflasche Vodka Absolut Citron, die Raoul in allen Duty-Free-Shops der Welt billiger kaufte, und/oder sie liebten sich im vagen Gedanken an ein gemeinsames halbjüdisches Kind, und wenig später träumte Aleks, an Raoul gelehnt im Schlaf, noch seine Umarmung, in der sie doch lag.

Manchmal waren die Kinder übers Wochenende bei Philipp, und Raoul und Aleks fuhren am Freitagnachmittag schon mit dem alten Volvo durch Frankreich bis nach Paris, stiegen in die gleißend helle Dachwohnung und sahen Hand in Hand hinunter in die Rue St-Denis, auf die Männer, die aus den Relaxcentern traten; von ihrem Sperma kurzfristig befreit oder von ihren halberfundenen Lebensgeschichten, sahen sie sich beiläufig um, ließen absichtslos ihre Blicke in die Höhe wandern, blieben endlich hängen an den beiden aneinandergelehnten Gestalten auf der Dachterrasse, die unverwandt auf sie hinabsahen. Dann hielten Raoul und Aleks sich fest an der eigenen schnellen Geilheit, an einer gemeinsamen Zukunft in Paris, die sie einander ausmalten, und fuhren am Sonntag wieder zurück nach Zürich; ein fast siebenstündiger Übergang, der sie beide allein ließ mit einem ständig wechselnden Wetter, mit dem ständig sich verändernden Grün, das immer dasselbe war: Vorüberziehende Landschaft, Bäume und Felder, und für Sekunden nur bildete sich im Wasser, das von den Hinterrädern eines Lastwagens weggespritzte, ein Regenbogen.

Früher, dachte Aleks und versuchte vergeblich, sich genau zu erinnern; bis vor wenigen Wochen hatten sie in jeder gemeinsam verbrachten Nacht, an jedem Morgen wie automatisch einander umarmt.

Eine tschechische Handleserin, die für sich selbst, wie sie lachend sagte, immer nur Katastrophen voraussah – sie lebte seit 1981 in Paris und versuchte seit zwanzig Jahren Geld für einen Spielfilm über ihr eigenes Leben aufzutreiben, Sans Issue sollte der Film heißen, obschon sie die Erfolglosigkeit ihres Bemühens voraussah, aber auch, daß sie sich weiterhin bemühen würde –, hatte Aleks in den frühen Morgenstunden des ersten Januars 1994 in einem Münchner Osho-Center für moderne Lebenstechnik einen lebenslänglich sich erneuernden Coup de foudre prophezeit.

Lucas hatte die halbe heiße Schokolade in der Tasse stehenlassen und seine neue Badehose vergessen, sie lag auf dem Küchentisch, ebenso zwei vorsortierte Haufen mit schmutzigen Kleidern; heute war, wie jeden zweiten Freitag, ihr Waschtag. An Waschtagen wusch man wieder und wieder dieselben Kleider, bis sie endlich im Abendlicht auseinanderfielen. An ihrem heutigen Waschtag wurde Aleks Martin Schwarz dreißig, unauffällig und unaufschiebbar; und wie jede angelernte Telefonistin, die vielleicht überzeugte Vegetarierin ist oder seit Jahren zum Auswandern nach Kopenhagen entschlossen, eines Tages den dreißigsten Geburtstag verbringt und trotz aller Anstrengung nicht vergißt, abends in der fensterlosen Küche sitzt inmitten der Stadt Zürich im Zwiegespräch mit dem Kühlschrank, ebenso wie jeder halbherzige, immer bloß vorläufige Fernsehmitarbeiter war Aleks aufgehoben und wunderbar vernichtet in der Masse jener weltweit, grob vereinfacht gerechnet (6 Milliarden Menschen geteilt durch 365 geteilt durch 80) etwa zweihundertundfünftausend Menschen, die Tag für Tag, gestern heute übermorgen, dreißig Jahre alt werden.

In den letzten Jahren hatten manche ihrer Freundinnen geheiratet, und ehemalige Mitschülerinnen schrieben in jedem ihrer seltenen, regelmäßigen Briefe dasselbe: Liebe Aleks, (...) habe ich in F. Daniel kennengelernt, er ist Hochbauzeichner, und ich merke, daß ich reifer geworden bin (...); später ließen sie sich scheiden und bekamen eineiige Zwillingsmädchen oder umgekehrt, die Reihenfolge spielte keine Rolle mehr: Sich selbst überzeugend, ahmte man das erwachsene Leben nach. Die Eltern der ehemaligen Mitschülerinnen beglichen ihre aufgelaufenen Erziehungsschulden (Scheidung, kleinere Schläge auf das Rückgrat, innere Abwesenheiten): Sie gewährten zinslose Darlehen für den Lauf der Dinge; sie befürworteten Eigentum, und die ehemaligen Mitschülerinnen kauften folgerichtig Einfamilienhäuser an sonniger Lage über einem See, achteten auf verkehrsberuhigende Schwellen im Quartier, zogen Innenarchitekten bei.

Raoul hatte sich die Decke über den Kopf gezogen, wie er es als kleines Kind noch in Paris getan hatte, wenn auf der anderen Seite der dünnen Zimmerwand seine Mutter mit jener Frau im Bett lag, die Athalia hieß und noch im Hochsommer Winterkleider trug, die Arme und Beine bedeckten bis zu den Knöcheln und Handgelenken. Nie hatte er unterhalb des zerbrechlichen Halses ihre nackte Haut gesehen, die sie vielleicht, so dachte er eines Nachts, als er wieder nicht einschlafen konnte, heimlich an den Meistbietenden verkauft hatte. (Er hatte irgendwo diesen Ausdruck aufgeschnappt: Sie hat ihre Haut teuer verkauft.) Daß andere Kinder Väter hatten, die diese an Samstagen in der Grappe d'Orgeuil auf ihren ausgebreiteten Schoß setzten, bedeutete nicht, daß Raoul einen Vater vermißte, von dessen notwendiger Existenz er noch nichts wußte.

Die Ausbildungen zur Sozialarbeiterin, zur Schauspielerin, zur Psychiatrieschwester hatte Aleks eine nach der andern angefangen und wenig später abgebrochen, bloß um sie eines Tages wieder aufnehmen zu können. Die monatlich anfallenden Rechnungen bezahlte sie einzeln, und im roten Wäschekorb blieben stets einige Socken liegen; auf der Einkaufsliste standen wochenlang Dinge wie Schnürsenkel blau und dünn, die nur in entfernten Spezialgeschäften erhältlich waren, so daß Aleks immer etwas im Kopf mit sich herumtrug, das zu tun ihr übrigblieb.

Jemand in Amerika hatte sein Kind gewaschen, stand heute in der Zeitung unter Vermischte Meldungen, das sich zum Spaß in der Trommel hinter einem Leintuch versteckt hatte.

Schlaf ruhig weiter, sagte Aleks, es ist fünf vor halb zehn, ich muß gehen; in der Küche steht heißer Kaffee, frische Milch ist im Kühlschrank, die Laugenbrötchen habe ich extra für dich gekauft.

Raoul schob die Decke weg und sah Aleks an, müde von seinen quälenden Träumen und wehrlos ihrer offenen Tüchtigkeit ausgesetzt, die einen bitteren Ton hatte, den er nicht verstand; es schien ihm unglaubwürdig, daß sie im Wintermantel, gegen die frühsommerliche Schafskälte bewaffnet, mit den kurzen dünnen schwarzgefärbten Haaren, mit fein geschwungenem Mund im flächigen Gesicht, unter dem schwarzen T-Shirt an ihr weißes cœur croisé der Unterwäschefirma Playtex genagelt, an ihrem dreißigsten Geburtstag zum Gehen entschlossen neben ihm stand. Dieses weiße, übereinandergeschlagene Herz hatte Raoul ihr geschenkt, und sofort nach dem Aufstehen zog Aleks es sich über den mageren Oberkörper, noch bevor sie die Rollläden hochzog, die Fensterläden zurückschlug, die Kinder aus dem Schlaf hob.

Raoul hatte für Aleks seine kinderlose Frau verlassen, von einem frühlingshaften Tag auf den anderen, ebenso hatte Aleks für Raoul ihren Lebensgefährten, Silvio Baltensweiler, der jeden Tag fünfzig ultraleichte Zigaretten rauchte und mit den Kindern funktionierende Alarmanlagen baute, zum Lebensabschnittsgefährten S. (3. 9. 91–28. 5. 94) verkürzt. (Um die Bilder einer möglichen Liebe darin zu zertrümmern, um einander den Abschied zu erleichtern, schlugen Aleks und Silvio, schlugen Raoul und Andrea einander die Köpfe ein, betrachteten danach im Badezimmerspiegel ihre äußerlichen Verletzungen, desinfizierten die Schürfwunden, atmeten auf und fühlten sich frei; doch je mehr Zeit verging, je weiter sie sich voneinander entfernten, irgendwann hörten sie auf, einander Adreßänderungen mitzuteilen, um so schmerzhafter zogen die wenigen verbliebenen Fäden, die sie unsichtbar noch verbanden, an den inneren Organen ihrer Körper, zu denen sie keinen Zugang mehr fanden.)

Kurz darauf klaute Oliver aus dem Kaufhaus drei Barbiepuppen, schnitt ihnen mit dem Brotmesser die Köpfe ab und legte die kopflosen Körper demonstrativ auf sein Bett, was Aleks, vor Glück erblindet, erst Wochen später bemerkte.

Außerdem hätte sie gar keine Zeit gehabt, die Bettwäsche der Kinder früher zu wechseln.

Bist du wahnsinnig, sagte sie, nachdem sie den ungefähren Sachverhalt ermittelt hatte, zu Oliver, der einen Fußball mit der Aufschrift WM '94 vor sich hertrug, hast du den Verstand verloren. Ja, sagte Oliver altklug, zum Glück habe ich noch einen zu verlieren.

Vielleicht war es lächerlich rücksichtslos, wahrscheinlich hatte man dafür die midlife-crisis erfunden: Er liebte Aleks, dafür fand Raoul seit dreihundertvierundachtzig Tagen kein anderes Wort.

Und leg bitte den Schlüssel in den Briefkasten für die Kinder, sagte sie und küßte ihn sanft auf den Mund; erbärmlich sanft, dachte Raoul, als wäre ich selbst ein schonungsbedürftiges Kind.

Also dann bis heute abend um halb zehn, sagte sie, dann trinken wir Champagner, ich hab ihn schon gekauft.

Hör bitte auf damit, sagte Raoul.

Heute ist mein Geburtstag, sagte Aleks, da darf ich meine Finger blutig beißen.

Die Linien der Städtischen Verkehrsbetriebe warfen ihr bunt gezeichnetes Netz wie ein Kleid über die Stadt, und dieses Netzkleid sah Raoul auf ihrem einen geliebten Körper, wenn Aleks unter seinem anderen Körper lag und mit offenen Augen ihm sagte: Ich will mich dir ausliefern; dabei sehe sie Güterzüge, Autos und Straßenbahnen, die über ihren auf dem städtischen Asphalt ausgebreiteten Körper hinwegführen. Fast immer habe sie dieses Bild vor Augen, kaum trennbar sei es von ihrem Verlangen. Sei sie über ihm, sei es umgekehrt und nicht tröstlicher: Sein Oberkörper sei eine unversehrte Landschaft, die ihr Atem in Straßenbahntrassees zerschneide.

Raoul Liebens Mutter Ingeborg stand, wie fast immer, auf ihren Rollstuhl gestützt, am Hauptbahnhof. Sie kaute ein trockenes Stück Brot. Ihr linker Knöchel war leicht geschwollen. Sie trug einen lindgrünen Wollmantel, dessen Knöpfe waren im Lauf der Jahre mehrfach ersetzt worden, und neben ihr standen fast unversehrt die beiden Koffer aus hellbraunem Kunstleder. Eines Morgens am Ende der siebziger Jahre hatte sie ihre Habseligkeiten, die breiten Eheringe ihrer Eltern, Sidonie und Robert

1917, einige wenige Kleidungsstücke, zwei Fotos ihrer ausgelöschten Familie und das Sparheft der Aargauischen Kantonalbank, in Kehrichtsäcke und diese in die beiden Koffer gepackt, in wörtlich panischer: das ganze Innere erfassender Gewißheit, sie werde endlich doch noch abgeholt.

Sie ist von mir weggegangen, sagte Raoul um halb zehn zu sich selbst, kurz bevor ich von ihr weggegangen wäre. Er besuchte sie selten im Altersheim, wo sie meistens nur schlief, um frühmorgens wieder zum Bahnhof zurückzukehren, die Koffer aus dem Schließfach zu holen und weiter zu warten.

Um Viertel nach zehn saß er im abgedunkelten Schneideraum, sah Maxwell mit der großen Narbe auf der Stirn und hörte ihn sagen, er wisse, daß Krieg nicht gut sei für ihn, und doch vermisse er es, ein Soldat zu sein, wer oder was sei er denn sonst. Dann sah er sich selbst eine Gruppe von ehemaligen Kindersoldaten fragen, die in provisorisch eingerichteten Räumen, von Hilfswerken betreut, rechneten und kleine, nützliche Dinge bastelten, ob sie jemanden erschossen hätten, worauf in den fast schwarzen Gesichtern, der Film war an dieser Stelle leicht unterbelichtet, weiße Dreiecksmünder sich öffneten, die einstimmig yes of course sagten, enemies.

2
Diese kleine, banale Katastrophe

Der Morgen des zwölften Mai 1995 fiel strahlend sichtbar durch die nie vollkommen streifenfrei geputzten, doppelverglasten Schallschutzfenster der Kleinen Stadt auf die hübschen Gesichter dahinter, auf Eheringe, Handlinien, Kleidungsstücke der Einwohner; hier im Zelgliquartier zumeist Insassen ihrer eigenen Einfamilienhäuser, deren Kinder mehrheitlich geplant zur Welt kamen als zukünftige Kantonsschülerinnen, Maturanden, Hausbesitzer.

Doris Heinrich kniete am Boden, ein nasses, winziges graublaues Stück Stoff in der Hand, aus fadenscheinigen Herrenunterhosen schnitt sie noch brauchbare Putzlappen und sah ihrem Ehemann zu, Alexander Jakob Heinrich, fünf Jahre älter und ebenso abgemagert wie sie selbst, der mit einem neuartigen Gerät ihre Küchenfenster putzte. Seit er denken konnte, seit er sich an seinem Namen wiedererkannte, wurde Alexander bei seinem Nachnamen Heinrich genannt.

Seine Mutter Helene, eine überzählig und spät geborene Fabrikantentochter aus Halle, hatte ihren Schweizer Ehemann August von Anfang an, wie er es gewünscht hatte, bei dessen Familien- und Firmennamen in einer fremden kleinen Stadt namens Biel/Bienne zum fünfgängigen Abendessen gerufen.

August Heinrich liebte zum Nachtisch gekochte Birnen mit Schokoladensauce, und Poire Hélène sagte er auch manchmal nachts unerwartet zärtlich zum runden Hintern seiner jungen Frau.

Später wurden die Dienstmädchen eines nach dem anderen entlassen, das vierte Kind kam endlich, als man schon fast das Gegenteil erhoffte, lebend zur Welt, die Hemdenfabrik Heinrich ging Konkurs, und die Ehe wurde geschieden. August wanderte mit einem Überseekoffer voll weißer Hemden nach Südamerika aus, wo er offiziell nie ankam, und Mutter und Sohn zogen in eine andere fremde kleine Stadt. Dort kaufte Helene mit dem ganzen, rechtzeitig noch geerbten Geld ein baufälliges Haus mit undichtem Dach. Sie bewohnten gemeinsam das einzige bewohnbare Zimmer im Erdgeschoß, und Helene renovierte gleichzeitig eigenhändig und mit Hilfe ihrer zu diesem Zweck ausgewählten Liebhaber das ganze Haus. Nach einem Jahr verkaufte sie es mit leichtem Gewinn, bloß um in der nächsten fremden kleinen Stadt das heruntergekommene Haus eines angeblichen Selbstmörders zu kaufen, es zu renovieren, wieder zu verkaufen und weiterzuziehen, ostwärts, dem Jurasüdfuß entlang, und Helene übertrug ihre Gewohnheit, abends um halb sieben nach Heinrich zu rufen (die einzige Gewohnheit, die sie in ihre Existenz hinüberretten konnte als alleinstehende Mutter Ende der zwanziger, Anfang der dreißiger Jahre), auf ihren einzigen Sohn, der nach der Schule im nahen Wald Bärlauch sammelte und Brennesseln für Suppe und Salat.

Siehst du, wie schnell und einfach das geht, sagte er zu Doris, ein wirklicher haushaltstechnischer Fortschritt, und fügte leise hinzu, als schäme er sich: Wir putzen unsere Fenster immer damit; als müßte er sich eigentlich schämen. Er selbst konnte das eine vom andern nicht unterscheiden, vielleicht war beides dasselbe, war das unweigerlich, tröstlich zuverlässig sich einstellende Schamgefühl bloß nachträglich die Legitimation, andere zu verletzen, zu verachten wie sich selbst.

Er sah Doris an, die sich mühsam erhob, indem sie sich mit der rechten Hand an der Tischkante festhielt und sich daran hochzog. The falling figure, dachte er plötzlich, hatte er irgendwo gelesen, the falling figure is at the mercy of the moment. Doris ging, das linke Bein nachziehend, zum Spülbecken und wusch den Lappen aus; eine fallende Figur, die ihm vollkommen abhängig schien von der Gnade des Augenblicks, den die Schicksalsgöttin auf sie warf; sie trocknete die Hände ab, zündete eine neue Zigarette an und zog daran, als sei sie nicht bei Trost, als wollte sie dem eigenen Sterben noch zuvorkommen. Nie hätte sie sich die kaputten Knie operieren lassen, obschon nach der Ansicht mehrerer Ärzte eine Operation sie hätte befreien können von den unerträglichen Schmerzen gegen die stärkste Medikamente nicht ankamen, und ihre dunklen Haare waren zwar lang und offen wie die eines jungen Mädchens, doch längst schon weiß, und unter keinen Umständen hätte Doris sie färben lassen, auch nicht vor zwanzig oder dreißig Jahren, als sie anfingen grau zu werden. Gleichzeitig trug sie weiße Riemchensandalen mit dünnen, hohen Absätzen und figurbetonte Stretchjeans, dazu weit ausgeschnittene, enganliegende T-Shirts; sie setzte sich hin, schlug die Beine übereinander, wippte mit den Füßen und stülpte ihre ganze unerlöste Sexualität nach außen, die sie vor sich selber wohl versteckt hielt, während inwendig ihre Wirbelsäule, unsichtbar langsam, vor Heinrichs Augen ein Stück weiter einbrach.

Ich bin froh, daß du gekommen bist, sagte sie. Die Fenster haben es wirklich bitter nötig.

Ich habe dir heute noch etwas Spezielles mitgebracht, sagte Heinrich, ein kleines Geschenk. Es liegt in meiner Sporttasche, du kannst es auspacken.

Auf dem neuen runden Küchentisch aus massivem Tannenholz lagen schon seine üblichen Mitbringsel, drei Kilo Weißmehl, das zur Zeit verbilligt war im Supermarkt, Kristallzucker, Hackfleisch, Bananen, Kartoffeln, und aus der Apotheke, gegen diverse Alterserscheinungen, eine Flasche Geriavit, auf deren Verpackung stand: dreimal täglich sich fühlen wie damals.

Heinrich war früh in Basel aufgestanden; doch seine Müdigkeit, die weder Anfang hatte noch Ende, morgens wie abends dieselbe war, kam nicht daher, er wußte es selbst. Er brauchte zunehmend weniger Schlaf, er hatte zunehmend mehr uneingeteilte Zeit zur freien Verfügung, und seine wenigen, immer noch schnell wachsenden Haare legten sich strähnig über seine unfreiwillig pensionierte Haut. Im nächsten Jahr würde er siebzig. Sein Büro in Zürich hatte er sich nur pro forma erhalten, um ab und zu begründet wegzukommen von Yvonne, die sich vorzeitig hatte pensionieren lassen, damit sie es noch miteinander schön haben könnten; die spärlichen Aufträge deckten knapp noch die Kosten für Miete und Telefon, PC und das Faxgerät, dessen Papierrolle er noch nie hatte erneuern müssen.

Kann ich dir etwas kochen, fragte Doris, ich habe noch Kalbsleber im Kühlschrank und vorgekochte Kartoffeln für eine Rösti.

Sie kochte im allgemeinen hervorragend.

Ich muß den Zug nehmen um zwölf Uhr null eins – sagte Heinrich und sah schnell auf seine Plastikuhr; erst zehn Uhr fünfunddreißig –.

Seit ihr Ehemann und die beiden bald dreißigjährigen Kinder Thomas und Andreas, Aleks war schon mit achtzehn von zu Hause weggegangen, ungefähr gleichzeitig zu ihren Freundinnen ausgezogen waren, lebte Doris Heinrich für sich allein und richtete das dreistöckige Einfamilienhaus auf, das jeden Abend nach getaner Arbeit über ihr einzustürzen drohte. Dann setzte sie sich in den Ohrensessel, legte die Füße hoch und begann, ihr Leben riskierend, zu trinken.

Heinrich hatte vor einigen Monaten, an einem winterhellen Sonntagnachmittag, Doris war in ein nahegelegenes Heilbad gefahren, Bad Schinznach, dessen Wasser bei Arthrose helfen soll, einen Teil seiner Kleider und Ordner gepackt. Doris fand den Zettel auf dem Küchentisch: Ich bin unfähig zu lieben. Du mußt mir nicht verzeihen. Hab keine Angst, Du kannst vorläufig hier wohnen bleiben. Ich habe alles geregelt, ruf bitte bei Gelegenheit meinen Anwalt Dr. Keller in Zürich an, 4810372, zu den üblichen Bürozeiten, die Unterhaltszahlungen sollten ausreichen. Eine Scheidung wünsche ich nicht und kann ich mir, offen gesagt, auch nicht leisten.

Doris war nicht überrascht; sie hängte ihren Badeanzug in der Waschküche auf, er war himmelblau mit weißen Tupfen, es schien ihr nur folgerichtig, rückblickend schien ihr das ganze Leben folgerichtig, das Badetuch warf sie in die Trommel, maß das Pulver ab, schüttete es ins dafür vorgesehene Fach, zwangsläufig. Sie stellte auf Kochwäsche. Im Gemüsekeller hinter den Kartoffeln mußte noch eine Flasche sein, verdammt, sie haßte schon den Geruch des Alkohols, sie hatte Alkohol nie gern getrunken, auch nicht Wein oder Bier. Ihn zu trinken war eine notwendige Überwindung, jedesmal ekelte sie sich vor dem ersten Schluck, der brannte, wie in den Augen manchmal das Gas brannte, das aus dem Backofen strömte, bevor man es anzündete – eine, zwei Sekunden nur, dann war es vorbei. Man schloß die Augen und trank. Fast war sie erleichtert, daß sie endlich endlich eingetreten war, diese kleine, banale Katastrophe, verlassen zu werden nach über dreißig Jahren Ehe. Doris Heinrich war fast vierundsechzig Jahre alt; und die Erinnerungen würden ihr ausreichen für den Rest ihres Lebens.

Die letzten zehn Jahre hatte sie keinen Grund mehr gehabt, weiterzutrinken. Ihren Grund hatte sie willig sich austreiben, von Schlafmitteln und Psychopharmaka sich entziehen, ersetzen lassen durch Rohypnol, Haldol oder Lexotanil, bloß um grundlos ausgeglichen weiterleben zu können.

Aleks hingegen nahm manchmal Ritaline, das sie einem Junkie abkaufte, der es auf Rezept bezog; Ritaline nur raubte ihr den selbstgerechten Schlaf aller Mütter und Väter, die abends um zehn erschöpft in ihre Betten sanken; Ritaline setzte sie ihren unfertigen Bildern aus und einer totenstillen Nacht, die sie zur Arbeit zwang. Für ein einziges geglücktes Bild, dachte sie manchmal, gäbe ich, ohne zu zögern, welch schwachsinniges, überholtes Pathos, ein Jahr meines Lebens. (Die unzähligen Zigaretten, die sie beim Malen rauchte, hatten ihre statistische Lebenserwartung bestimmt längst schon um einige Jahre verkürzt.)

Doris liebte, wie schon als Kind, auf den Postkarten das weite, im Bruchteil einer Sekunde für immer festgehaltene Meer.

Die erste Stunde verging Sekunde um Sekunde, die sie, auf dem Küchenboden sitzend, auf der laut tickenden Küchenuhr verfolgte, den Rücken an den schmerzhaft heißen Radiator gelehnt.

Sie existierte.

Gott blies ihr seinen Odem durch die Nase ein, später durch den Mund.

Sie beschloß, da sie ihr jetzt nicht halfen, keine Tabletten mehr zu nehmen.

Sie erwachte mit klopfenden Schläfen, die Flasche mit Baselbieter Kirsch lag zerbrochen am Boden. Nach einer kalten Dusche ergab sie sich dem Ablauf ihrer jahrzehntelang eingeübten Tätigkeiten. Am Montagmorgen stellte sie den gebührenpflichtigen Abfallsack vor die Haustüre und kaufte am Nachmittag Lebensmittel ein, am Dienstag bei Niedertarif zwischen fünf und sieben Uhr abends saß sie im ungeheizten Büro in unmittelbarer Nähe des Telefons, manchmal rief Aleks an, am Mittwochabend sang sie im Chor, an Donnerstagen kaufte sie wiederum ein und wusch später mit billigem Nachtstrom ihre billigen Kleider, am Freitag aß sie Fischstäbchen mit Zitronensaftkonzentrat aus der Plastikflasche, am Samstag buk sie den gedeckten Apfelkuchen mit Zimt, den sie am Sonntag den Söhnen servierte, die ab und zu mit ihren hübschen, Psychologie studierenden Freundinnen vorbeikamen, frische Wäsche mitnahmen, schmutzige unsortiert auf dem Waschküchenboden deponierten.

Jeder einzelne Schritt fiel Doris schwer, Arthrose in beiden Kniegelenken und erbliche Krampfadern bestimmten den Rhythmus ihrer alltäglichen Verrichtungen. Nach dem Aufstehen duschte sie die Beine kalt ab, von unten nach oben in Richtung Herz. Danach zog sie die schwarzen Stützstrümpfe über die mageren dünnhäutigen Beine, kochte Kaffee. Später kamen die Handwerker; die Dachdecker, Maler, Sanitärinstallateure und die Angestellten der Brockenstube der Heilsarmee, die für ein wurmstichiges Nähkästchen, für das zerkratzte Buffet mit den längst verlorenen goldfarbenen Schlüsseln noch Entsorgungsgebühren verlangten. Spannteppiche wurden herausgerissen, das Parkett im Wohnzimmer abgeschliffen, die Wände frisch gestrichen, das Dach neu gedeckt, die toten Marder darunter weggebracht.

Heinrich hatte ihr, wie sie selbst sagte, großzügig erlaubt, auf seine Rechnung das Haus renovieren zu lassen. Ihre ganzen vorehelichen

Ersparnisse, die bescheidene AHV-Rente, verwandte Doris darauf, sämtliche Matratzen zu erneuern, auf denen voraussichtlich jahrelang kaum jemand schlafen (Aleks bildete sich ein, nach einer einzigen Nacht in ihrem Elternhaus wieder als ohnmächtiges Kind zu erwachen) oder gar an gleißend hellen Sonntagnachmittagen halbherzig, lautlos verschämt, zu wish you were here mit dem eigenen Körper Liebe machen würde – wie Äonen zuvor die pubertierenden Kinder hinter verschlossenen Türen, an die Doris vergeblich geklopft hatte.

Bei Jungen, das wußte Doris, war das normal.

Sie öffnete das Päckchen.

Das ist aber hübsch. Und das schenkst du wirklich mir?

Die Wappenscheibe zeigte den Heiligen Martin, wie er seinen Mantel mit dem Schwert entzweischnitt.

Die habe ich vorgestern bekommen, als Belohnung für meine hundert Blutspenden in fünfzig Jahren, nie habe ich eine einzige versäumt, sagte Heinrich und betrachtete den sechseckig rot geplättelten Küchenboden, als sehe er ihn zum ersten Mal. Einzelne Tonplatten waren leicht beschädigt, und er sah zum ersten Mal diesen Boden schwanken unter seinen Füßen, auf dem vorgestern doch seine Kinder herumgekrochen waren und abends ihre Ärmchen nach ihm ausgestreckt hatten; die an ihren eigenen Geburtstagen bloß ihn anriefen, um sich für die Tausendernote zu bedanken, die er ihnen wie immer eingeschrieben schicken würde. Dazu legte er eine vorgedruckte Karte mit Herzlichen Glückwünschen.

Immerhin, fuhr er fort und setzte sich beiläufig, über die Hälfte dieser Jahre haben wir beide zusammen – verbracht. Ich meine, damit hat sie nichts zu tun, Frau Sommer, sie braucht es auch gar nicht zu wissen?

Du weißt genau, dachte Doris, daß ich mit diesem – Teufelsweib, mit dieser miesen kleinen krampfaderlosen Tochter aus gutem Hause, entschuldige, mit deiner sogenannten Partnerin, die, wie Tom und Res erzählen, ein ekelhaft spitziges Baseldeutsch spricht, der du Rechenschaft ablegst über jede auswärtig verbrachte Minute, kein einziges Wort gesprochen habe und es auch niemals tun werde. (Die Telefonnummer wußte sie auswendig; genauer gesagt, rief sie regelmäßig einmal pro Woche an und legte sofort wieder auf, wenn sie am anderen Ende der Leitung das französisch angehauchte, kehlige r von Sommer vernahm.)

Dann mache ich jetzt das Essen, sagte sie,

nicht daß du noch zu spät nach Hause kommst. Deine Partnerin erwartet dich sicher schon.

Heinrich setzte sich an den gedeckten Tisch, wie er sich immer schon an einen gedeckten Tisch gesetzt hatte. Mit der zehn Jahre jüngeren Yvonne war er fast zufällig, frühmorgens im Halbschlaf, im Intercity von Basel nach Zürich, ein Verhältnis eingegangen. Ihre Knie berührten sich beim Hinsetzen, und beide verharrten zeitunglesend, als ob sie es und einander nicht bemerkten, in dieser Berührung. Kurz vor Zürich überreichte Yvonne ihm lächelnd ihre Visitenkarte mit der Büroadresse. Ihre Büros lagen folgerichtig in derselben Bremgartnerstraße, sie verabredeten sich zum Mittagessen im nahen Restaurant Frohsinn und hatten keine Wahl.

(Am dreizehnten November desselben Jahres führten Zufall und Tod untrüglich Aleks Martin Schwarz und Ingeborg Lieben zusammen. Unter den Gleisen der Schweizerischen Bundesbahnen saßen sie nebeneinander, durch eine dünne Wand zwar optisch, nicht aber akustisch voneinander getrennt, auf den öffentlichen Damentoiletten im Zwischengeschoß des Shop Ville, in dessen Kunstlicht alle Tageszeiten ununterscheidbar sich verwandelten in eine einzige, immerwährende Einkaufsnacht.

Auf den schimmernden Rolltreppen versanken Vater Großmutter Kind mit jedem verlorenen Höhenmeter tiefer im Rausch und im Ramsch; Plastiktüten anhäufend wähnte man sich im selbsterdachten Traum, während gleichzeitig Aleks ihr totgeborenes Kind in ihre bereitgelegten Hände und in Empfang nahm und ein unglücklicher Taschendieb auf der Flucht mit seinen zweihundert Franken Beute von der Bahnhofshalle über die Rolltreppen hinweg ins zweite Untergeschoß und zu Tode stürzte: Jeder und jede für sich mit weit geöffnet blinden Augen ein Schlafwandler, eine Kundin weltweiter Handelsketten, die leichthändig Kreditkarten schob über geschliffene Ladentische.)

3
Annahme verweigert

Louna Frater war nie in jenem Kontinent gewesen, den man auf den ersten Blick am späteren Vormittag dieses sechzehnten Juni 1995 in der Straßenbahn stadteinwärts zum Beispiel ihr ansah.

Wenn Louna gegen ihren Willen diesen Blick der Mitpassagiere registrierte, die dazugehörigen Gedanken las hinter einander sich angleichenden Mienen, erinnerte sie sich untrüglich an den Dokumentarfilm Afriques; comment ça va avec la douleur?, an die Insekten, die quälend lange das Gesicht einer jungen kranken Tuareg, deren Lippen und Augen besetzt hielten, als sei sie schon tot, und es verließ sie die Kraft, die Notbremse zu ziehen oder aus dem Fenster zu springen.

Nie hatte Louna über jenem Land den unfreien Himmel gesehen, unter dem ihr Vater, Maurice Frater, vielleicht am dritten März 1940 vaterlos zu dieser Welt hinzugekommen war; Angola bloß ein (oft laut gedachtes) Fremdwort – an angel from Portugal; Louna sah ihn hoch oben am Himmel stehen, wenn sie, mit Caroline auf dem Arm, frühmorgens auf dem Balkon des Reiheneinfamilienhäuschens stand und Philipp zum täglichen Abschied winkte: ein Bote mit weitausgebreiteten Flügeln, der unversehens abstürzte und alles unter sich begrub.

Philipp Frater war in einer Handelsfirma zuständig für die Kommunikationsfähigkeit der Groß- mit den Personalcomputern und umgekehrt; das zumindest entnahm Louna seinen Erklärungen. Sie hatten erst vor knapp einem Jahr geheiratet.

Erfahrungsgemäß war ein ehelich geborenes Kind zu wickeln nichts Beängstigendes. Louna Frater wog täglich am südlichen Stadtrand von Zürich das Kind und kaufte in der nahen Migros die Windeln dem Gewicht entsprechend und dem Geschlecht. Zu Hause legte sie das Kind auf eine jener nackten Matratzen, die überall im Haus herumlagen, zog es aus und warf die schmutzige Windel auf den Linoleumboden. Später hielt Louna die weichen Füße des Kindes mit der linken, wusch seinen Po mit der rechten Hand, zog es wieder an. Sie hatte vergessen, dem Kind eine neue Windel anzuziehen, sie legte das Kind erneut auf die nackte Matratze, ebenso sich selbst, atmete ein. Die Matratze roch nach vergorener Muttermilch, die das Kind manchmal ausspuckte. Louna hatte Philipp kennengelernt auf der Rückreise von Hamburg nach Zürich, die sie, noch voneinander unabhängig, bei einer Mitfahrzentrale gebucht hatten. Philipp war unterwegs mit seinen beiden Söhnen Lucas und Oliver, Louna hatte sich in Hamburg getrennt von ihrem Freund, von dem sie schwanger war. Louna hatte zweimal neben einer Autobahnraststätte in den dreckig harten Schnee gekotzt, Philipp hatte dabei sorgsam ihren Kopf gehalten, die harten entkrausten Haare; so hatten sie sich ineinander verliebt wie von selbst.

Eine Nachbarin, die stets freundlich grüßte, dabei schamlos ihre vorstehenden oberen Schneidezähne zur Schau stellte, hatte offenbar vor ein paar Tagen das Sozialamt benachrichtigt: Das Kind schreie zu wenig, außerdem verlasse diese Louna Frater manchmal gegen zehn Uhr abends das Haus und kehre im Morgengrauen mit leerem Blick zurück. Man habe den Verdacht, das Kind werde mit Schlaftabletten ruhiggestellt. In den nächsten Tagen komme eine Sozialarbeiterin, um sich ein Bild zu machen von den familiären Zuständen. Louna hatte Philipp noch nichts davon erzählt. Sie nahm die übelriechende Matratze und trug sie in den Keller. Irgendwo, irgendwie mußte man anfangen aufzuräumen, sich zu verteidigen.

Yvonne schien Heinrich so unversehrt älter zu werden, und mit ihrer leichten, offen zur Schau getragenen Neigung zum Doppelkinn nicht verhaftet von offenbar jahrzehntelang wiederkehrenden Haushalts-Alpträumen wie Doris, die mitten im Schlaf noch aufstand, mehrfach war Heinrich ihr vorsichtig nachgegangen, um die Backofentüre des Gasherds zu öffnen, prüfend innezuhalten und sie wieder zu schließen. Einmal hatte sie sich umgedreht und Heinrich erkannt, der ein angezündetes Feuerzeug in der Hand hielt.

Offensichtlich zu Tode erschrocken, schrie sie ihn an, er solle das Feuer ausmachen; dann wurde sie ganz ruhig, sprach besänftigend zu ihm, als hätte sie ihn zu Tode erschreckt; nie wieder darfst du mich bis hierhin verfolgen, hörst du, nie mehr, auf der Stelle vergißt du, was du gesehen hast, es hat keine Bedeutung.

Später streichelte er unter dem Nachthemd mechanisch ihren Rücken, überfuhr dabei vielleicht die Narben eines verschütteten dreizehnjährigen Kindes, das säuberlich ein Loch in diesen Schutt grub (in dem es lebensbedrohlich feststeckte, als es merkte, daß es sich erbrechen mußte), um sein Erbrochenes dort hineinzutun, und er beruhigte so die überspannten Nerven seiner sechzigjährigen Frau, die noch im Alptraum, dachte Heinrich halb entsetzt und halb erleichtert, nicht über den eigenen Haushalt hinauswuchs.

Als Yvonnes Ehemann Peter eines Sonntagabends, sonnenverbrannt und um Stunden zu früh, von einer wegen Lawinengefahr abgebrochenen Skitour auf den Pizzo Centrale nach Hause kam, sah er durch das gevierteilte Küchenfenster im aargauischen Möhlin ein gekochtes Spaghetti. Es hing, jedem beliebigen Spaziergänger sichtbar, in der Luft zwischen Heinrichs unbekanntem und dem bis zu den hintersten Goldplomben vertrauten Mund seiner Ehefrau, wurde unmißverständlich kürzer und verschwand hinter den nun aufeinanderliegenden Lippenpaaren.

Daß sie verlegen kicherten wie zwei Kinder, die beim gegenseitigen Anpinkeln erwischt wurden, daß Heinrich ein kleinkariertes Hemd trug, älter war als er selbst und auch so aussah – ihre bestürzende Zärtlichkeit fand Peter ausgesprochen lächerlich.

Am nächsten Tag trug der Architekt Peter Sommer schweigend die gelernte Hochbauzeichnerin Yvonne Sommer aus dem gemeinsam eingerichteten Haus, wie er sie am elften August 1973 über die Schwelle ins gemeinsam entworfene Haus hineingetragen hatte.

Kinder hatten sie keine bekommen, wahrscheinlich war Yvonne schon zu alt gewesen, einen altersschwachen Jack Russel hatten sie vor Jahren nach reiflicher Überlegung und schweren Herzens einschläfern lassen, der Kanarienvogel hieß weiterhin Max und zwitscherte munter, wenn Peter ihn rief.

Yvonne stand mit frisch geputzten Zähnen auf der Straße nach Basel. Sie hatten ein letztes Mal versucht, miteinander Liebe zu machen; Peters zunehmende erektile Dysfunktion war ihr gemeinsames Geheimnis gewesen, das sie fast stärker miteinander verbunden hatte, als die Jahre zuvor es getan hatten in fragloser, landes- und ehehandelsüblicher Intimität. Sie hatten im Morgengrauen nach zermürbenden Gesprächen voneinander Abschied genommen; Yvonne tat, was sie noch nie getan hatte, als hätte sie es für diesen Abschied sich aufgespart; sie holte im Badezimmer Vaseline, zog Peter aus, langsam und ungeschickt, die verschwitzten Wollsocken, das graue Hemd, das Unterhemd, löste den Gürtel, die Cordhose, streifte die altmodischen weißen Unterhosen ab, küßte die Schamhaare, nahm das Glied in den Mund, bis es ihn ausfüllte. Dann löste sie sich von ihm, zog sich selbst aus, sah ihn an, sagte kein Wort, ging vor ihm auf die Knie, verschränkte die Arme, drückte den Kopf ins Kissen, streckte den weißen Hintern in die Luft, bot ihm die verborgenste, verletzlichste Stelle ihres Körpers an, das von Hämorrhoiden gequälte Loch, strich es sorgfältig ein mit Vaseline und wartete. Als Peter in sie eindrang, schrie sie auf vor physischem Schmerz, der unmerklich sich verwandelte.

Heinrich hatte nicht die Kraft, Yvonne allein zu lassen. Seine Entscheidungen ließ er sich zuerst von anderen fällen, um sie dann zu seinen eigenen machen zu können.

1953, erinnerte er sich, ein halbes Jahr nach Stalins und des tschechoslowakischen Staatspräsidenten Gottwalds Tod, war er auf wiederholte Bitten seiner Mutter nach Prag gefahren (was einen immensen administrativen Aufwand verlangte, wobei dieser bürokratische Widerstand ihn in seinem ihm aufgezwungenen Vorhaben erst bestärkte, plötzlich schien ihm genau diese Reise für sein weiteres Leben notwendig). Er beabsichtigte, in Prag eine vierzehn Jahre ältere, entfernte Verwandte seiner Mutter zu heiraten, eine Narkoseärztin, die er nicht kannte, die angeblich unbedingt in den Westen wollte. Es stellte sich heraus, daß diese sogenannte Cousine sich inzwischen in jemanden verliebt hatte, in einen ungepflegt langhaarigen Saxophonisten, der ab und zu in Jazz Clubs auftrat, vielleicht auch schon längst vorher; und das ganze, abenteuerliche Unternehmen war eine Komödie, vor Heinrichs Abreise bereits von jemand anderem zu Ende geschrieben, eine schlechte Farce, deren Hauptrolle er selbst nur nachspielte.

Als Marketa Cervenkova ihm morgens um zehn noch im Nachthemd die Türe öffnete im Parterre links an der U smaltovny 4, warf sie ihre langen schwarzen Haare aus dem Gesicht.

Sie lachte, wie Heinrich es Aleks über vier Jahrzehnte später auf Anfrage beschrieb, wunderbar dunkel und sagte auswendig gelernt: Ich wollte bloß sehen, wie einer aussieht, der sich als Retter einer bemitleidenswerten Tschechin versteht. Was bist du von Beruf, diplomierter Betriebsingenieur, habe ich gehört. Komm herein, du kannst mitessen, wir sind gerade beim Frühstück.

Es war zum Totlachen. Heinrich hätte sich in Gedanken an seine Mutter am liebsten totgelacht; um diese drei Sätze seiner zukünftigen Frau zu hören, die er am liebsten unbesehen und mit allen vorgestellten Mängeln geheiratet hätte, hatte er die Termine für seine Doktorprüfungen um Monate verschoben.

Marketa war schön; während Michael den Tisch deckte, parfumierte sie sich vor aller Augen mit Chanel No 5, das Heinrich von einer unhübschen Verkäuferin mit griesiger Haut in Basel sich hatte empfehlen lassen. Dann saßen sie zu dritt um den Küchentisch, tranken dünnen Schweizer Kaffee, aßen Schweizer Schokolade und betrieben dazwischen Konversation in jenem ungenauen Hochdeutsch, das Marketa und Michal vor dem Zweiten Weltkrieg in der Schule gelernt hatten.

Heinrich steckte sich Watte in die Ohren und schlief eingerollt auf dem Sofa im Wohnzimmer.

Er hatte drei Wochen Zeit. Am letzten Morgen vor der Abreise, nachdem er akribisch alle fotografierbaren Sehenswürdigkeiten fotografiert hatte und die Warteschlangen vor den Lebensmittelläden, besuchte er offenbar noch den eher unbedeutenden Ableger der Nationalgalerie im Sternberk Palast.

In die Betrachtung eines kleinformatigen Gemäldes von Pieter Brueghel dem Jüngeren (1564 bis 1638) versunken (das Aleks 1997 an demselben Ort fand, mit dem englischen Titel, den Heinrich nicht gekannt haben konnte: The Blind), wurde ihm zum zweiten Mal in seinem Leben schwarz vor Augen. Auf dem Bild waren zwei Männer zu sehen, die unterwegs waren in einer weiten, dunklen Landschaft. Im Begriff, eine Furt zu überqueren, stützte ein Blinder sich vertrauensselig auf seinen Vordermann, dem das Wasser schon fast bis zum Hals stand, der sich selbst leichthin retten, sich vom Blinden jedoch abwenden und ihn, dachte Heinrich, seit vierhundertfünfzig Jahren, in den Gedanken, in den Augen jedes einzelnen Betrachters, beim nächsten Schritt ertrinken lassen wird.

Als Heinrich die Augen wieder aufschlug, blickte er in Hanas gerade noch junges, kantiges, und ja doch – jüdisches Gesicht, wie er sich so ein jüdisches Gesicht damals noch nie lebend vorgestellt hatte; ohne jede Vorwarnung sah er vor seinen Augen, was nicht existierte.

Schwarzweiß waren die Bilder der Leichenberge schwarzweißer zweidimensionaler Körper nach der Befreiung der Konzentrationslager; eine amorphe schwarzweiße Masse, geschlagen entwürdigt gehetzt, entmenschlicht, ausgerottet ermordet vergast; wie Ungeziefer behandelt, waren diese jüdischen Menschen in seiner Vorstellung zu ausgestorbenen Tierkörpern geworden – Hanas schmale gebogene Nase stand senkrecht zum geraden langgezogenen Mund, dessen Winkel sich jetzt anhoben zu einem erleichterten Lächeln.

Wie, um Gottes willen, sagte er, haben Sie überlebt?

Sie sind kein Deutscher –, sagte Hana; sie sprach ein perfektes Hochdeutsch.

Ich komme aus der Schweiz.

Und Sie glauben tatsächlich an Gottes Willen?

Ich stand als Neunzehnjähriger an der Grenze.

Wir hatten auch Hunger. Im Aktivdienst übrigens bin ich zum ersten Mal in meinem Leben ohnmächtig geworden; wir waren im Feld, unmittelbar neben uns weideten Kühe, und plötzlich sah ich, wie ein Stier auf eine Kuh stieg und sie begattete mit einer ungeheuren Gewalt.

Sie hatten auch Hunger?

Ja. Ich rede Schwachsinn, verzeihen Sie mir.

Ihre kleine Schuld müssen Sie schon selbst tragen.

Jetzt erst sah er, daß sie, im Gegensatz zu ihrem Gesicht, fast dick war; aufgeschwemmt.

Ich esse Sahne, sagte sie, seinen Blick bemerkend, und Margarine ohne Brot. Ich bin Ärztin. Mein Mann war ebenfalls Arzt. Ein Glück, daß wir keine Kinder hatten.

Sie sah ihn kopfrechnen.

Ich bin dreißig. Wir haben nach dem Krieg geheiratet. Jan. Keine Angst. Ist eines natürlichen Todes gestorben. Er war sehr viel älter als ich.

Heinrich stand auf, trat ans Fenster und wünschte sich, er wäre ein unbehauener Stein, eingemauert in ein Haus dieser Stadt.

Wollten Sie nie weg von hier, sagte er, ohne sie anzusehen; ich könnte Sie heiraten.

Hana lachte. Den Gefallen, von hier wegzugehen, wenn ich es denn könnte, sagte sie, tue ich niemandem.

Er hätte sie nie angerührt. Ich schwöre es dir. Sie wollte es, sagte Heinrich zu Aleks, niemals später habe ich –

Warum nicht, unterbrach ihn Aleks. Warum hättest du sie nicht angerührt? Aus Respekt vor dem, was sie erlitten hatte, oder weil du dich vor ihr gefürchtet hast? Weißt du überhaupt, wie sie den Krieg überlebt hat?

Hör auf, sagte Heinrich, quäl mich nicht.

Ich erzähle es dir, sagte Aleks.

Nicht jetzt, sagte Heinrich, später.

Du glaubst doch nicht, sagte Aleks, es nicht zu wissen, mache es ungeschehen.

Doch, sagte Heinrich, so ist es.

Ohne es zu wissen, vielleicht ohne es wissen zu wollen, machten sie in Hanas Wohnung ein Kind; sie teilten sich danach eine Zigarette und waren sich einig über den wunderbaren Ausblick, den man von der Karlsbrücke habe nach Süden, und Heinrich reiste wie geplant in die Schweiz zurück.

Seine drei Briefe kamen nach Wochen, geöffnet und zugeklebt, wieder zurück, versehen mit einer tschechischen Aufschrift, die er, der Einfachheit halber, um sich das Vergessen zu erleichtern, als »Annahme verweigert« interpretierte.

Dreiundzwanzig Jahre später besuchte ihn in seinem Umweltberatungsbüro in Zürich eine junge Frau, die ihm nicht beweisen mußte, daß sie seine Tochter war. Sie hieß Alexandra und glich ihm stärker als seine drei ehelichen Kinder; und wenn sie redete, knetete sie sich die Wörter aus den Fingern wie er.

Doris, so dachte Heinrich, würde auch ohne ihn zurechtkommen, ihr bliebe zumindest ein Haus.

Doris hielt die Wappenscheibe mit dem Heiligen Martin ans Licht, blickte auf den in der Mitte kreisrund kahlen Schädel ihres Ehemannes und wollte ihm bloß, um dessen lächerlich anmutende Verletzbarkeit nicht mehr sehen zu müssen, die leuchtend bunte Wappenscheibe auf den Kopf legen.

Statt dessen schlugen ihre dünnen Arme zu. Sie schlugen einfach. Schlugen, bis die Wappenscheibe am Boden zersprang; ihre kleinen Fäuste schlugen weiter, während Heinrich wie gelähmt auf dem neuen hölzernen, im Möbel Pfister-Prospekt als modern-rustikal bezeichneten Küchenstuhl hocken blieb, die Hände vor den Augen.

Später, als Doris weinend in einer Ecke kauerte, rief Heinrich den Notarzt, der ihr eine Beruhigungsspritze verabreichte.

Sie selbst unterschrieb die Einweisung in die geschlossene Abteilung der psychiatrischen Klinik Königsfelden.

Aleks fuhr noch am selben Abend mit den Kindern in die Kleine Stadt. Heinrich war abgereist, das Fensterputzgerät stand in einer Ecke, die Lebensmittel lagen vergessen auf dem Tisch, der gedeckt war für zwei Personen, in der Pfanne waren die geraffelten Kartoffeln zum Braten bereit.

Doris hatte am Tag zuvor noch ein neues Klavier gekauft und einen leuchtend bunten Gabbeh-Teppich, der garantiert nicht von achtjährigen Kindern hergestellt worden war, deren Familien dieses Einkommen zum Überleben nun fehlte; auch die Eßzimmerstühle standen geordnet um den aufgeräumten Tisch, den kein häßliches Plastiktischtuch bedeckte; so einladend vereinsamt hatte Aleks das Haus in den ganzen dreißig Jahren zuvor nie gesehen.

Aleks sah aus dem Küchenfenster in den Garten, dessen verblühte Aprikosenbäume ihr längst über den Kopf gewachsen waren, briet die Kartoffeln zu Rösti, würzte das Fleisch, aß und wünschte sich plötzlich, mit ihrer Mutter den Blick zu tauschen, mit Mutters erwachsenen Kinderaugen zu erwachen und ihre zerstörte Welt zu sehen am Abend des siebenundzwanzigsten November 1944.

Eine Bombe der Royal Air Force hatte das Haus aufgerissen, das auf dem Foto aussah wie eine verschneite Puppenstube, in die man die Holzmöbelchen und Holzmenschen hineinstellen konnte, die Aleks als Kind von ihrer Mutter geschenkt bekommen hatte, man konnte sie ins schneebedeckte Puppenbett legen und sie zudecken mit einer blauweiß karierten Bettdecke.

4
Wie hinter bruchsicherem Glas

Auf dem Arbeitstisch in Aleks' Atelier, neben der vergilbten Steuererklärung, einzureichen bis achtundzwanzigsten Februar 1995, lag am sechzehnten Juni desselben Jahres mittags um zwölf hochglänzend ein Farbfoto.

Darauf sah man eine schön geschminkte Frau aus München, die unter der 24 Hour Radiance-Bodylotion unsichtbar, seit ihrer Geburt einunddreißig Jahre zuvor, an Neurodermitis litt, und einen strahlend gut gekleideten südländischen Mann. Es handelte sich um ein offizielles Verlobungsbild, aufgenommen am dritten Februar 1995 in einer Live-Musikbar im Istanbuler Vergnügungsviertel, und der Verlobte hatte kurz darauf ein Magengeschwür bekommen.

Die Verlobte liebte, seit sie dieses Verb für sich in Anspruch nahm und in Gebrauch, indische Musik und entheimatete schwarzhaarige Männer, die, in ihrer Schwermut fast verstummt, zumeist schon in jungen Jahren Magengeschwüre bekämen. Ulrike war vor sieben Monaten auf ihrem Last-Minute-Trip in Istanbul zwischengelandet. Seit Aleks sie kannte, war Ulrike auf dem Last-Minute-Trip, konnte jede Minute ihres Lebens die verborgene letzte sein, die im Innern ihres Körpers ihr auflauerte. Immerzu schleppte sie eine Bronchitis mit sich herum oder einen beginnenden Krebs, den sie mit Fastenkuren schon zweimal erfolgreich ausgehungert hatte, Asthma war ihr selbstverständlich, ebenso diese Hautausschläge zur Selbstverteidigung. Nicht mal gegen Aids, sagte Ulrike, könne sie sich schützen, gegen offene Wunden am ganzen Körper seien Kondome machtlos, ein Alibi bloß für einen allfällig HIV-infizierten Liebhaber. Den ganzen Körper müßte sie in antiseptische Plastikfolie einhüllen, was wiederum allergische Reaktionen auslösen würde.

Unter der Haut war Ulrike ebenmäßig schön, die Proportionen geglückt, strahlend das linke Auge, sich auflösendes Bindegewebe fehlte ihr ebenso wie geplatzte Äderchen an der Innenseite der Oberschenkel. Diese Ulrike war in einer Novembernacht alleinverantwortlich für ihre rötlich glänzenden Haare, im Istanbuler Stadtteil Aksarai eine Hauptstraße entlanggeschlendert. Als sie einen Moment lang stehenblieb, sich bückte, um die Schnürsenkel ihres italienischen Schuhs neu zu verknoten, entfiel ihr die Kontrolle über ihren Blick. Imam hatte sich, zwei Meter von ihr entfernt, gleichzeitig gebückt. Auge in Auge banden die beiden selbstvergessen, jeder für sich in den andern versunken, ihre Schuhe, und Ulrike hörte sich einen Satz aus dem Reiseführer nachsprechen: »Excuse me, could you tell me the way to the blue mosk?« »I come with you«, gab Imam zur Antwort, fügte hinzu: »You are my wife, my love, my life«, und eine Sonne ging auf über dem Meer, ein Rückflugticket nach München verfiel lautlos im Morgengrauen. Ulrike Hautversehrt aus München und Imam, der als Achtjähriger aus seinem kurdischen Bergdorf geflohen war und vor dem Hunger, brauchten einen Winter lang im häßlichsten Hotelzimmer Istanbuls, um sich wieder auseinanderzuleben. Tagelang lag man arbeitslos aufeinander und auf dem löchrigen Teppichboden: zwei ineinander verhakte Geschöpfe, links und rechts umgeben von daumengroßen schwarzen Käfern, die unbeirrt ihrem zweieinhalb Meter langen Weg folgten vom Waschbekken zur Türe und zurück, sich dabei vermehrten. Später stand man vor dem mit Karton geflickten Fenster, die bloßen Füße in Schuhen. Hätte man sich zu zweit ins ungemachte Bett gelegt, es wäre zusammengebrochen.

Manchmal putzten sie sich die Zähne und gingen abends ins Kino. Sie sahen drittklassige amerikanische Western mit türkischen Untertiteln und aßen in der Pause das dunkelste Schokoladeneis, das Ulrike jemals gegessen hatte.

Manchmal sang Ulrike mit nüchternem Magen ihre indischen Lieder.

Manchmal redeten sie über eine gemeinsame Zukunft in Deutschland. Imam könnte sie beide vielleicht mit einem Teppichhandel ernähren.

Eines Morgens endlich erlöste Imam Ulrike und sich selbst von der Erinnerung an die erste Nacht, an die Unmittelbarkeit zweier fremder Körper, die sie beständig und vergeblich wiederherzustellen versucht hatten: »Deine indische Musik macht mich ganz krank«, sagte er, es war beinahe der längste Satz, den er je zu Ulrike gesagt hatte, er nahm seinen Schlafsack, trat auf die Straße und ging dorthin zurück, woher er vor Monaten eines Abends gekommen war, in den Großen Bazar.

Aleks verbrachte die überzähligen Tage zwischen der Wintersonnenwende und dem ersten Januar des Jahres 1994 bei ihrer Freundin Ulrike in München.

Silvio feierte Weihnachten bei seinen Eltern in der Kleinen Stadt, in seinem Elternhaus am Hungerberg, das für die verwaisten Eltern zu groß und für die über Jahrzehnte gesammelten Polstergruppen und Kunstwerke zu klein geworden war; folglich rückten sie die Möbel zusammen, stapelten die überzähligen Bilder im Keller und bewohnten es weiterhin, bis Silvio eines Tages mit Aleks und den beiden hübschen Kindern (Oliver hätte man mit seinen blonden Haaren und dem breiten Lachen, den fehlerlosen Zähnen leichthin für Silvios leiblichen Sohn halten können) das Haus übernehmen würde. Lucas und Oliver hatte sie am vierundzwanzigsten Dezember in ungefütterten Gummistiefeln vor die Türe von Philipp Frater gestellt, der noch Philipp Meyer hieß und widerwillig mit seinen frierenden Kindern nach Hamburg zu Freunden fuhr, um auf der Heimreise neben bodenlos traurigen Autobahnraststätten Lounas Kopf zu halten, sich in die eigene zärtliche Geste zu verlieben, Louna zu heiraten, ihren schönen Namen anzunehmen und Vater eines Kindes zu werden, das Caroline hieß, leicht sich erkältete und nicht seine eigene Tochter war.

Eigentlich mochte Aleks Ulrike nicht besonders; ihr Körpergeruch nach den medizinischen Fettsalben, die sie täglich einschmierte, war ihr physisch unangenehm, schon der schulmädchenhafte Name war ihr zuwider, er erinnerte sie an unsägliche Internatsromane, deren Heldinnen weizenblonde Haare hatten, deren Leintücher nie Flecken bekamen von auslaufendem Menstruationsblut, die sich statt dessen in Turnlehrer verliebten, aus Enttäuschungen fürs Leben lernten, das sich in einem namenlosen, zeitlos modernen Deutschland abspielte; dazu trugen sie Pepita-Kostüme (worunter Aleks sich nichts Konkretes vorstellen konnte, Pepita war ein kohlensäurehaltiges Getränk mit 12 Prozent Grapefruitsaft) und hießen bevorzugt Elke oder Ulrike, genauer: Ulrike vergegenwärtigte ihr die totgeschlagene Zeit, die sie mit solchen verhaßten Mädchenbüchern im Bett liegend zugebracht hatte, die entfernte deutsche Verwandte in den siebziger Jahren ihr ans kleine Herz gelegt hatten, die Alexandra mehrfach gelesen hatte wie unter dem Zwang zur Verdummung; deren Lektüre einer ganzen Generation den Kopf vernebelt haben mußten; nie konnte Aleks einzelne Sätze vergessen wie diesen: Der blaßrosa Lippenstift mußte wunderbar zu ihrer leicht gebräunten Haut passen.

Alexandra Martina Heinrich nannte sich Aleks Martin Schwarz, seit sie, mit den sichtbar aufgeweichten Brustwarzen, nicht mehr als feingliedriger Junge durch die Männerblicke in der kleinstädtischen Badeanstalt am Fluß ihrer Kindheit gehen konnte – trotzdem trug sie in jenem Sommer 1976, sie war elf Jahre alt geworden, Tag für Tag dasselbe, mit der letzten kindlichen Ausdauer, mit dem letzten unbedingten

Glauben an die eigene Macht, an die Notwendigkeit der eigenen Existenz für die weitere Existenz dieser Welt, die sie alle drei im nächsten Sommer schon verlor: Jeden Morgen zog sie ihre alten schwarzen Knabenbadehosen an, die sie der Mutter vor Jahren im Ausverkauf abgetrotzt hatte, und ein weiß geripptes Unterhemd des Vaters, das ihr bis zu den Knien reichte. Dazu paßten die Verletzungen, die Schürfungen an den Extremitäten, die sie beim Klettern über die nahe Friedhofsmauer sich zuzog, und die verbrauchten braunen Ledersandalen, die den beiden jüngeren Brüdern schon zu klein geworden waren. Zwillingen verwandt, Anfang Januar und Mitte Dezember desselben Jahres 1967 geboren, verlebten Tom und Res ihre Vormittage gemeinsam, saßen im Schulzimmer nebeneinander, verbrachten die Nachmittage hintereinander auf Fahrrädern, Roll- oder Schlittschuhen und schlugen beim Einfall der Dämmerung abwechslungsweise der Mutter blaue Flecken ohne ersichtlichen Grund, die sie stumm mit ihren dünnen Oberarmen entgegennahm.

Gäste hatte die Familie sozusagen nie; die seltenen Einladungen anzunehmen hatte man nicht nötig. Wir genügen eben, sagte Heinrich, uns selbst.

Abends um acht, wenn er von der Arbeit

nach Hause kam, nach dem Begrüßungskuß zweier leicht geöffneter Münder, der die zwölf Stunden versiegeln sollte, die vergangen waren seit dem flüchtigen Abschiedskuß, hielt die Mutter ihre Arme dem Vater vor Augen, der meistens ratlos mit den Schultern zuckte, manchmal aber Tom und Res ins Büro zerrte, die Tür zumachte und den Riegel vorschob.

Aleks sah durch ein umgedrehtes Fernglas Tom und Res zu, ihren weit entfernten Brüdern, die neben ihr am Küchentisch denselben Wurstsalat aßen, deren Zehen schon weiter ausgriffen, in eine rückblickend vorhersehbare Zukunft, die sie allerdings kaum zu interessieren schien; wo Thomas und Andreas an einem Montagmorgen im Frühling 1989 (als hätten sie nie etwas anderes vorgehabt; vergessen die Jahre, die sie, *wie hinter bruchsicherem Glas*, sagte Andreas am zwanzigsten Juni 1995 am offenen Grab der Mutter, in den Fußgängerzonen der Kleinen Stadt, in gedeckten Einkaufspassagen und wechselnden In-Lokalen Marlboro Lights rauchend zugebracht hatten), sich je einen Aktenkoffer kauften, eine Fahrkarte nach Zürich Hauptbahnhof lösten und in des Vaters akademische Fußstapfen traten, die in den siebziger Jahren auf den sonntäglichen Wanderungen im Waldboden sich abzeichneten. Nebenher liefen, fast doppelt so viele, die Spitzen leicht einander zugedreht, die Spuren der Mutter, als wollten sie einander auslöschen.

Von jenem Sommer an färbte Alexandra sich die dünnen rotblonden Haare schwarz und nannte sich Aleks; dann machte sie sich mäuschenklein und legte sich ihren Eltern ins Ohr; sie schrie, bettelte, flüsterte; sie flötete sich ihren Herzenswunsch aus der Seele: in einem Internat interniert leben zu dürfen, im hochalpinen Töchterinstitut, bei streng katholischen Nonnen und möglichst weit weg von zu Hause; vergeblich. Hic Rhodus, sagte der Vater, hic salta; und Aleks kletterte auf die haushohen Bäume des elterlichen Gartens, schloß die Augen und sprang.

Ulrike und Aleks waren bloß unfreiwillige Lebensabschnittsgefährtinnen, mitten in der Ausbildung schon gescheiterte Schauspielschülerinnen einer kleinen privaten Münchner Schauspielschule, deren erfolgreichste Absolventen im Weihnachtsmärchen einer Provinzbühne den Wirt spielten oder zu dritt nach (West)Berlin zogen, um dort gemeinsam im Café Größenwahn herumzusitzen, aus überdimensionierten Tassen Milchkaffee zu trinken, sich die Fingernägel zu schneiden und ab und zu ein Casting zu machen für Werbeaufnahmen eines multinationalen Waschmittelkonzerns.

Im Sommer 1997 endlich buk eine von ihnen, sie hieß Marion, auf RTL italienische Pizzas mit den knusprigsten Teigböden der Welt, die anschließend sofort tiefgefroren und in die Lebensmittelläden ganz Europas gekarrt wurden.

Es tut mir leid, sagte 1988 sanft die japanische Frau des einheimischen Schulleiters – das Ehepaar hatte sich die ersten beiden Jahre des Zusammenlebens nur im Schlaf aus den Augen verloren, stets sei die Türe zum Badezimmer offengeblieben –, aber schau dich doch an, sagte sie zu Aleks: Der Schauspieler braucht eine Mitte, mit der er die Impulse seiner Mitspieler aufnimmt, von der aus er spricht, denkt, sich bewegt; schau dich an, du hast keine Mitte, statt dessen bloß, wie jedermann, einen Bauchnabel, um den du beim Spielen dich drehst.

Aleks blickte beschämt auf ihren Nabel, den Lucas, das ungebetene Kind, schon nach außen stülpte. Philipp hatte vergeblich versucht, sie zu einer Abtreibung zu bewegen. Du hast mir versichert, du könntest nicht schwanger werden, warf Philipp ihr vor, und Aleks sagte nur, jetzt bin ich es trotzdem, und ich werde es bleiben, bis das Kind zur Welt kommt.

Ulrike hingegen hatte Gebärmutterhalskrebs bekommen. In der Oase, wo sie nebenher arbeitete, um sich die Schule zu finanzieren, hatte man ihr gekündigt; man fürchtete, die biologisch-dynamisch angebauten Früchte könnten vorzeitig faulen, die Gedanken der Mitarbeiterinnen sich tödlich verunreinigen durch die negative Energie, die ihre psychisch kranke Gebärmutter ausstrahlte.

Aleks kehrte in die Kleine Stadt zurück und brachte Lucas zur Welt, während Ulrike sich in München ihren Seelenkrebs mittels Chemotherapie aus dem Leib kotzte.

Vielleicht waren Ulrike und Aleks deshalb Freundinnen: Sie verschwendeten maßlos ihre Zeiten aneinander und an die unwichtigsten Dinge; sie flanierten planlos durch die Stadt München, die auch Paris heißen könnte, London oder (schon bald nach der Wende, mit dem Einzug von McDonald's, die in jeder Stadt mit Vorliebe historische Gebäude besetzten) auch Prag; sie blieben stehen vor Schaufenstern mit Designermode, die sie nie kaufen würden, wechselten das Standbein, erwogen lachend die neusten Farbtöne und Schnitte, wechselten das Standbein, tranken an der nächsten Ecke Cappuccino und löffelten später in der Eisdiele jene Dessertträume aus, die Ulrike 1994 für acht Mark die Stunde zubereitete, um mit diesem Geld Flugblätter drucken zu lassen, worauf sie seit zwei Jahren für ihre »Praxis für Atemtherapie« warb, was ihr kaum zehn Behandlungsstunden pro Monat einbrachte; kurz, sie verschwendeten aneinander Zeit, wie sie Zeit an sich selbst niemals verschwenden wollten und könnten.

Minutenlang erläuterte Ulrike ihr am Telefon auf Aleks' Kosten zum Beispiel die Vorzüge ihres neuen Anrufbeantworters, inklusive Fernabfrage für nur 199 Mark, und Aleks ließ es sich gefallen. Vom Alltag erschöpft, war sie nur erleichtert über die Belanglosigkeit des Gesprächs. Lucas hatte den ganzen Tag über jede halbe Stunde weißen Schaum erbrochen, das erzählte sie Ulrike nicht, und dazwischen gefragt, wo tut es eigentlich weh, wenn man Krebs bekommt. Anstatt ihm zu antworten, ihn zu beruhigen, ihn in die Arme zu nehmen, schloß Aleks die Wohnzimmertüre hinter sich zu, um ihn nicht schon wieder würgen zu hören im Bad, und verstrickte sich mit Ulrike in Mehrfrequenz- und Impulsverfahren, gab im Langzeitgedächtnis gespeichertes Wissen wieder, von dem sie nicht gedacht hatte, daß sie es sich angeeignet hatte; sie redete fast leidenschaftlich dem Ausbau des internationalen Natel-D-Netzes das Wort, obschon oder eben weil es sie nicht im mindesten interessierte.

Lucas hatte zu würgen aufgehört. Aleks öffnete die Türe, Lucas trat ins Wohnzimmer, er lächelte und sah Aleks an ohne jeglichen Vorwurf, bevor er, wortlos und beängstigend selbständig, wieder im Badezimmer verschwand. As a child he had a terrific brain, sagte Woody Allens Mutter im Film Wild Man Blues über ihren Sohn, und dasselbe Erschrecken überfiel manchmal Aleks, wenn sie Lucas ansah, der unablässig sein Gehirn mit präzisen Daten füttern mußte; kaum saßen sie an Sommerabenden neben der Endstation Wollishofen im South End Pub, hatte der Sechseinhalbjährige schon die hundertsiebenunddreißig Löcher in der Sitzfläche des roten Plastikstuhls gezählt, um danach aus der Erinnerung fehlerfrei die englischen Titel amerikanischer Actionthriller zu buchstabieren, die er zuhause den Kinoprogrammen herumliegender Tageszeitungen entnahm.

Täglich, dachte Aleks, schlagen wir, weil wir uns selbst nicht ertragen, die Zeitung auf. Bloß um sie aufzuschlagen (eine der wenigen lebenslang verwendbaren Gesten), und eine abgeschlossene Haltung einzunehmen in der Straßenbahn; um uns zu versichern, daß die Welt so beruhigend normal weitermacht mit Temperaturstürzen, innerafrikanischen Bürgerkriegen,

Nasenbeinkorrekturen; um zu überleben, müssen wir täglich vergessen, was wir am Vortag mühsam, um für vierundzwanzig Stunden uns zurechtzufinden, uns angeeignet haben: die neusten Buchrezensionen, die Nachrichten, den Wetterbericht.

Meistens vergaß Aleks, was lebenswichtig war oder es sein könnte, für die Kinder zumindest oder für Frau Wenger: das Turnzeug rechtzeitig zu waschen, stets frische Milch im Kühlschrank zu haben, zu Hause in der Paradiesstraße 62 nur in Pantoffeln sich zu bewegen. Frau Wenger in der Wohnung über ihr war fünfzig, und ihre Kinder waren erwachsen. Herr Wenger fällte den ganzen Tag Bäume, und Frau Wenger lag mit ihren Metastasen den ganzen Tag im Bett; so hörte sie jeden Gang, den Aleks in jenen weich gefütterten hellblauen Pantoffeln machte, die Frau Wenger zu ihrem eigenen Geburtstag Aleks geschenkt hatte. Mit einer hübschen Schleife standen sie vor der Tür und mit der schriftlichen Bemerkung: Ich möchte Sie bitten, zu Hause diese Pantoffeln zu tragen; sie sind immerhin besser als Ihre Schuhe, die mich jedesmal, kaum bin ich eingeschlafen, wieder aufwecken. Es wurde nicht besser; Frau Wenger registrierte jede Änderung ihres Tagesablaufs, schließlich jeden Schritt, den Aleks unterließ. Und Aleks erinnerte sich abends im Bett erst wieder an die vergessene Milch fürs Frühstück und an das fahlgelbe Fixleintuch, das sie nicht gekauft hatte, wie es unterirdisch im Neonlicht im Kaufhausregal lag, oder an den neuen Haarschnitt der Fernsehansagerin.

Als siebenjähriges Kind hatte Raoul eine griechische Landschildkröte geschenkt bekommen, deren befremdliche Schönheit ihn gegen seinen Willen faszinierte. Stundenlang saß er, gebannt mißtrauisch sie betrachtend, an seinen freien Nachmittagen in der Kleinen Stadt im Garten des Mehrfamilienhauses, während die Nachbarskinder vor den Garagentoren Fußball spielten und seine Mutter im Vorzimmer irgendeines Chefs saß, und brachte die Welten nicht zusammen. Wie waren sie bloß an diesen Ort gekommen, in diese ruhige Straße, die jedem einzelnen Menschen, der im Auto an ihm vorüberfuhr, ein Gewicht verlieh? Artur Lieben, einem Cousin seiner Mutter, war, eigentlich zu spät, im November 1942 von Frankreich her die Flucht unter einem Stacheldraht hindurch in die Schweiz geglückt. Weil seine Frau schwanger war (was ihnen zunächst nur wie ein zusätzliches Unglück erschienen war), durften sie bleiben, obwohl die Grenzen für Juden schon geschlossen waren. Ingeborg, die 1938 ebenfalls nach Frankreich emigriert war, hatte die Flucht in die Schweiz zum Glück nicht gewagt. Ihre Eltern, ebenso die beiden jüngeren Brüder, waren in Wien geblieben; gelähmt vor Entsetzen, zunächst noch weniger über die Vernichtung, die ihnen drohte, vielmehr über die gestern noch befreundeten Nachbarn, die Familien Zandl, Geiringer und Neurath, die heute weiße Kerzen in die Fenster stellten, um den Anschluß zu feiern. Wenig später wurden sie gezwungen, mit ihren eigenen Zahnbürsten den Dreck von den Gehsteigen zu putzen, während die zufällig vorbeikommenden Nachbarinnen eiligst ihres Weges gingen, den Blick auf die gegenüberliegende Fassade geheftet, als sei dort eine Brandkatastrophe im Gang, die ihren lebensrettenden Einsatz dringend erfordere. Andere Nachbarn sahen der als öffentliches Lustspiel inszenierten Erniedrigung beifällig zu, klatschten verhalten, als würdigten sie die beachtlichen, doch selbstverständlichen Leistungen von Burgtheaterschauspielern. Als sie endlich zu fliehen beschlossen hatten, wurden sie abgeholt. Ingeborg war alt und jung genug, um sich tagelang in südfranzösischen Kellern oder Mansarden zu verstecken; sie besaß gefälschte Papiere, die sie als überlebensberechtigte Elsässerin auswiesen, und außerdem war sie beinahe blond. Sie hatte keine

Zeit mehr gehabt, in Wien eine Ausbildung abzuschließen, doch als der Krieg zu Ende war, war sie erst fünfundzwanzig, konnte Französisch und hatte einmal mehr, wie sie selbst es empfand, verboten viel Glück, das sie beinahe erdrückte; dazu kam, daß sie die einzige Erbin war ihrer Eltern und Brüder, die keine Güter hinterließen und keine identifizierbaren Körper. Ingeborg fand Arbeit in einer kleinen Pariser Firma, die imprägnierte Stoffe für Regenschirme oder Pelerinen nach Deutschland vertrieb. Über die Zeit dazwischen schwieg sie sich aus.

Als Raoul später diese Geschichten erzählt bekam, waren ihre Spuren verwischt, lag die griechische Landschildkröte unter der Erdoberfläche im Garten der Kleinen Stadt, waren die Fassaden der Häuser in Wien, Paris, Marseille abgerissen oder frisch gestrichen. Und was ist, fragte der Zwölfjährige, mit meinem Vater?

Raouls Vater, behauptete Ingeborg, habe sich vor dessen Geburt, vor der geplanten Hochzeit, das Leben genommen. Athalia hütete tagsüber das Kind, bis es groß genug war, um den Schlüssel seines Zimmers umzudrehen. Du hast dich den ganzen Tag im Zimmer eingeschlossen, sagte die Mutter, du hast Athalia gekratzt und gebissen, bis sie dich maßlos verprügelt hat. Ich konnte nicht mehr zur Arbeit, und wieder hatte ich Glück. Artur bot Ingeborg eine Arbeit an in seinem Druckereibetrieb, den er dank der Scheidung und der baldigen Heirat mit einer Schweizerin schon kurz nach dem Krieg hatte aufbauen können, und er mietete für sie und Raoul eine Wohnung im Zelgliquartier der Kleinen Stadt, in deren Garten Raoul mit seinem zum Fußballspielen untauglich langsamen Körper nun saß und zumindest das Rätsel der Schildkröte für sich löste, dreihundert Meter Luftlinie von Alexandra entfernt, die vielleicht gerade erst zur Welt kam. Schildkröten kamen alt zur Welt, mit dicker Haut und faltigem Hals krochen sie aus dem Ei; seine Schildkröte, beschloß er, mußte Athalia heißen, die ihre Kleider getragen hatte wie die Schildkröten den Panzer. Athalia war in Paris zurückgeblieben, und er vermißte sie nicht. Im Herbst vergruben sie die Schildkröte in einer Holzkiste voll Laub und stellten sie in den Keller. Die Mutter hatte darauf bestanden. Raoul konnte sich nicht vorstellen, daß man monatelang ohne zu essen überleben konnte. In der Schule konnte man die Hand heben bei protestantisch oder bei katholisch, für die Muttersprache gab es drei Möglichkeiten: deutsch oder italienisch oder andere. Das Judentum war für ihn damals eine ungenaue Erinnerung nur an die spärlichen Erzählungen der

Mutter, die sie stets abrupt beendete, mitten im Satz. Aus Angst, sie könnte schon tot sein, weckte Raoul Athalia nach dem Winterschlaf nicht auf, sondern ließ sie unter dem Laub begraben, bis sie mit an Sicherheit grenzender Wahrscheinlichkeit gestorben war. Ihren Panzer begrub er später im Garten.

Raoul saß am sechzehnten Juni 1995 um fünf nach halb zwei in der Kantine des Schweizer Fernsehens und erinnerte sich nicht an jenen Abend bei Aleks zu Hause, wo er zum ersten Mal eine Zeitung mit ins Bett genommen hatte, so wie er es bei sich zu Hause tat, um vor dem Einschlafen noch ein wenig zu lesen.

Ungefähr einmal pro Jahr, in München oder Zürich oder anderswo, vermaßen Aleks und Ulrike einander ihre nackten Körper und deren wahre oder erfundene Liebesgeschichten mit Hassan, Kurt, Laurent oder Silvio, die sie einander beelendend genau erzählten. Sie schliefen im selben Bett; hemmungslos kratzte sich Ulrike nachts neben Aleks ihre neurodermitischen Handgelenke blutig und sagte ihr am hellichten letzten Tag des Jahres 1993 und im Englischen Garten vor ihren Freunden (Frührentner, die bis in die letzten Schlupfaugenwinkel ausgeleuchtet in der Wintersonne herumstanden; ja, sagte einer von ihnen, er hieß Fritz: Schau uns nur an, wir sind die Restprodukte eingestampfter Ideologien; gezeugt noch mit jenem Humanismus: *suum cuique,* sind wir ausrangierte Ausstellungsstücke im Museum für Grenzgänger, das kaum jemand freiwillig besucht): Übrigens, ich wollte dir schon lange etwas sagen.

Ja bitte?, sagte Aleks.

Das soll man doch einer guten Freundin sagen –

Was denn?

Hast du Verdauungsprobleme?

Nein, wieso?

Du hast ziemlich starken Mundgeruch.

Kann schon sein, sagte Aleks leichthin, wahrscheinlich die Zwiebeln von gestern, laß uns bitte nach Hause gehen.

Im Münchner Osho-Center für moderne Lebenstechnik wurden am Jahresende die bekannten Workshops angeboten. Verbinde Orient und Okzident, stand auf den Plakaten, Du bist das heimliche Zentrum des Universums; Erkenne Dich selbst in der Weisheit der afrikanischen Naturvölker.

Aleks und Ulrike tranken, schweigend zunächst, fluorhaltigen Grüntee aus schwedischen Kaffeetassen und zerteilten schluckend die letzte Stunde des Jahres 1993; um sie herum taten ungefähr zweihundert Leute dasselbe mit Mineralwasser, Sekt oder Wein; jede und jeder schluckte für sich das vergangene Jahr hinunter; einander fremde Workshop-Touristen, die workshoppend alle fensterlosen Gruppenräume dieser Welt bereisten, verständigten sich dazwischen hochdeutsch oder englisch über die Eigenschaften von Flughäfen; sie bestätigten einander massive Verspätungen ausgerechnet in Hongkong, erinnerten sich lachend an dumme Slogans wie *Fly buy Dubai,* und präsentierten danach unaufgefordert gleichzeitig ihre billig erworbenen Sternzeichenanhänger aus 22karätigem Gold im dortigen Souk, während Ulrike von ihrem Kosovo-Albaner zu erzählen begann, von der wohltuend unmöglichen verbalen Verständigung, die Mißverständnisse gar nicht erst aufkommen lasse, da man eine Verständigung nicht beabsichtige; beide sprachen sie nur rudimentär englisch, was den Blick schärfe für zurückgehaltene Impulse; daß der Körper nicht lügen könne, sagte Ulrike, als Aleks wie unter Zwang sich umdrehte.

Sie sah in das Gesicht ihres Vaters.

5
Coup de foudre

Nachmittags um halb vier fiel das Licht wie ein Strom durch die breiten Fenster des Ateliers auf herumliegende Dinge, Wörter und Zeiten, die sich, von demselben Licht überzogen, ununterscheidbar einander anglichen; eine vorgestellte Zukunft vielleicht in Paris, die aufgerissene Haut an den Fingern, kleine, fahle Erinnerungen an Silvios oder Raouls Sperma auf dem Leintuch; um sich beim nächsten Blick, beim nächsten Gedanken wie von selbst zu zerlegen in ihre noch absurder anmutenden Bestandteile, die so gleichgültig nebeneinander aufgereiht waren wie die buntgemusterten Glasperlen jener venezianischen Halskette, die Aleks oft in den Händen hielt wie einen Rosenkranz – die Wellenlängen des ersten Schreis eines noch ungezeugten Neugeborenen, die symmetrische Anordnung der Moleküle eines ekelerregenden Brandgeruchs am abrupten Ende von Doris Heinrichs Kindheit, der Griff vor einigen Jahren in die Augenhöhlen eines Schafsschädels beim Aufstieg vom Meer über bedrohlich mürbe, steile Grashänge zur unsichtbaren Landstraße bei Gleann Cholm Cille an der Nordwestküste Irlands – ein lautloser Aufstand des Lichts, dachte Aleks, gegen die herrschsüchtige Chronologie in unseren Köpfen; man möchte alle Uhren zertrümmern, in Bahnhöfen, Einbauküchen und Flughäfen, die lebenslänglich sich vergrößernde Menge der gespeicherten Geburts- und Sterbedaten löschen aus den Agenden, aus den menschlichen Gedächtnissen, aus dem eigenen, untauglich klugen Kopf.

Überwältigend anwesend waren die hohe Luftfeuchtigkeit, der Geruch von überreifen Bananen, die zahllosen Zigarettenstummel (Aleks rauchte noch immer Silvios ultraleichte Marke, die er inzwischen ersetzt hatte durch eine stärkere), die ungespülten Kaffeetassen, altes Brot, Pinsel, Tusche, Acrylfarben, Karton, Kugelschreiber, Bleistifte, kariertes Papier, amtliche Papiere, Drahtgitter, Brausetabletten gegen Grippe, einige deutsche und einige tschechische Bücher über die Geschichte von Prag, das Getto in Lodz, den Zweiten Weltkrieg, über plastische Chirurgie, Pathologische Anatomie und die Konzentrationslager von Auschwitz; es handelte sich fast ausschließlich um Bücher, die Aleks nicht lesen konnte (wie sie überhaupt die Welt nicht lesen konnte, an sich selbst eine sporadisch auftretende Form der Alexie diagnostiziert hatte, womit man die Unfähigkeit bezeichnete, Geschriebenes zu lesen bzw. Gelesenes zu verstehen trotz intakten Sehvermögens).

Aleks saß seit sechs Stunden in ihrem Atelier, im ehemaligen Direktionsvorzimmer einer stillgelegten amerikanischen Telefonfabrik, und versuchte, eines der angefangenen Bilder für sich abzuschließen. Entgegen ihrer unhinterfragbar klaren Überzeugung, gewonnen aus der täglichen Beobachtung ihrer Eltern, der kränklichen Mutter, des eloquenten, bestimmenden Vaters, der sie, als kleines Kind schon, als einzige Tochter, sprachlos sich ausgeliefert fühlte, Frauen seien aufgrund ihres allgegenwärtigen Körpers zu keinerlei ernstzunehmenden intellektuellen oder künstlerischen Leistungen fähig, hatte sie jeweils in den Sommerferien als einziges Mädchen in der Migros-Klubschule den Radiobaukurs für Fortgeschrittene besucht, experimentierte sie im Keller mit Chemiekästen, ihre hübschen Mitschülerinnen mit leisem Neid verachtend, die in anderen Kursen Makramee-Eulen herstellten oder Ballspiel- und Spaßkurse belegten und in den Pausen in Taschenspiegeln ihre verführerisch aufgeworfenen Lippen betrachteten.

Du bist eben anders, sagte der Vater, du hast den Verstand eines Mannes im langsam sich ausbildenden Körper einer Frau, und er drückte ihr ein Buch in die Hand, das von ihr, soviel glaubte sie zu verstehen, den Übermenschen verlangte. Wenn sie von der Schule nach Hause kam, legte sie sich in ihrem Kinderzimmer auf den braunen Teppichboden, wo fünf aufgeschlagene Bücher nebeneinanderlagen, Ein Sommernachtstraum, eine Geschichte der Physik, Die Kritik der reinen Urtheilskraft, eine Biografie von Picasso, und in der Mitte lag, halb verdeckt, Ulrike im Internat.

Babyscheiße riecht gut, solange die Babys gestillt werden, sagte ungefähr gleichzeitig im Aufenthaltsraum der aargauischen Heil- und Pflegeanstalt Königsfelden Doris Heinrich, eine frühere Serviceangestellte, und sie lächelte einem abgemagerten Mann zu, der schlief mit vollen Windeln vor dem bildlosen, bloß ihn selbst widerspiegelnden Fernseher und mit offenem Mund. Sein fast kahler Schädel war bedeckt von Schorf unbekannter Herkunft, während Doris Heinrich, den klinisch sauberen Rock, der ihr nicht gehörte, achtlos über die Knie geschoben, angebunden im Lehnstuhl saß und die Daumen ihrer verschränkten Hände in gleichbleibendem Rhythmus drehte. Niemand hier trug seine eigenen Kleider.

Die tschechischen Bücher hatte ihr Alexandra

Pospisil geschickt, ihre halbe fremde Schwester, die denselben Namen trug, in vager Erinnerung ihrer Mutter Hana an den gemeinsamen Vater, den Alexandra, als erwachsene Frau erst, 1976 auf einer sogenannten Studienreise in den Westen aufgesucht hatte; Aleks selbst hatte durch einen fast unglaubwürdigen Zufall in jenem Münchner Osho-Center für moderne Lebenstechnik von Alexandras Existenz erst erfahren, in den frühen Morgenstunden des ersten Januar 1994.

Wer ist das, fragte Ulrike.

Mein Vater, sagte Aleks und begann, leicht hysterisch, zu lachen.

Ich heiße Alexandra, sagte die Frau auf französisch, je m'appelle Alexandra, und Aleks verteidigte sich blitzschnell, mit vergessen geglaubten Wortfolgen der Einordnung fremder Menschen verwahrte sie sich gegen den entlarvenden Blick ihres Vaters, der ihr angetan wurde von dieser Person: Die Frau, die vor ihr stand, war ungefähr vierzig, ihre schulterlangen, geraden schwarzen Haare mit grau-weißen Strähnen durchsetzt, der leicht bittere Mund gerade, die Augen blau. Sie war schlank, sie trug ein hochgeschlossenes altrosa Kleid mit aufgestelltem Kragen aus dem 19. Jahrhundert und rief jetzt, nein schrie auf französisch: Aleks! Da bist du ja endlich! Aleks, te voilà enfin!

Natürlich war es müßig, an ihrem dreißigsten Geburtstag in ihrem Atelier darüber nachzudenken, wie und in welchem Augenblick Aleks den Lauf der Dinge hätte unterbrechen können oder ihn in eine andere Richtung lenken, rückblickend empfand sie die Abfolge der Ereignisse als zwangsläufig, was vielleicht auf eine mangelhafte Phantasie hinwies oder nur auf einen zum Überleben notwendigen Pragmatismus.

Rund zweihundert Augenpaare erwarteten die Wiedersehensfreude zweier Halbschwestern; Alexandra glich trotz der Verkleidung ihrem Vater, dem gemeinsamen Vater so penetrant, als hätte seine vollständige Abwesenheit ihm nur um so mehr Platz eingeräumt.

Ich habe von dir geträumt, sagte Aleks – wie um die Begegnung noch absurder erscheinen zu lassen. Sie hatte tatsächlich, ohne natürlich darin irgendeine Bedeutung zu erkennen, über Jahre hinweg immer wieder denselben Traum gehabt. Aleks stand mitten auf der Bremgartnerstraße und sah Alexandra nackt und mit hochrotem Kopf hin und her rennen in jenem hohen weißen Architekturbüro, wo Aleks früher gearbeitet hatte. (Im Traum allerdings sah Alexandra weniger dem Vater ähnlich als vielmehr der Mutter, was Aleks erst auffiel, als sie, in einem Aktenordner ihres Vaters, Hanas Foto fand.) Dann stand Alexandra still, sah Aleks an und winkte ihr, sie solle hereinkommen; doch als Aleks das Haus betreten wollte, verschwand vor ihren Augen die Türe. Gleichzeitig wußte sie plötzlich, daß es lebenswichtig war, ins Haus zu gelangen, weil darin ein Mordprozeß geführt wurde gegen Alexandra und einzig Aleks sie verteidigen konnte. Alexandra begann zu schreien, ich bin unschuldig, laßt meine Verteidigerin herein, hilf mir, Aleks, sonst bringen sie mich um. An diesem Punkt erwachte Aleks und merkte, daß sie weinte, ohne genau zu wissen, weshalb; weinte sie über das Schicksal der unbekannten Frau, oder weinte sie über sich selbst.

Alexandra Pospisil las, als Madame du Passé verkleidet, ihren Kunden für fünfundzwanzig D-Mark die Zukunft aus den Händen.

Für dich ist es umsonst, sagte Alexandra, gib mir deine Hand.

Ich habe Angst, sagte Aleks.

Natürlich, sagte Alexandra, hättest du keine, könnte dir auch nichts geschehen.

Ich will nicht, sagte Aleks schnell, das bist du mir schuldig, unterbrach sie Alexandra und nahm fordernd ihre Hand, ich will nicht, wiederholte Aleks, daß mir etwas geschieht; erzähl mir von Silvio, wir sind uns ähnlich wie Geschwister; das Tabu des Inzests verstärkt nur unser Begehren, noch wenn er mir bloß am Samstagmorgen die Einkaufsliste vorliest, möchte ich schon wieder mit ihm schlafen. Werden wir gemeinsame Kinder haben; Lucas und Oliver lieben ihn, als wäre er ihr Vater.

Es tut mir leid, sagte Alexandra, je suis désolée, und las ihr einen Coup de foudre aus der Hand, der am achtundzwanzigsten Mai des soeben begonnenen Jahres gegen elf Uhr abends Ortszeit in ein Bistro namens Arleccino in Lenzburg/Aargau/Schweiz einschlüge und dessen Echo lebenslänglich ihre alltäglichen Automatismen wie Fahrkarten entwerten, Fingernägel kauen, Schnittwunden säubern, automatisch in Augenblicke eines alltäglichen Glücks verwandeln würde.

Glaubst du etwa an diesen Quatsch, sagte Aleks.

Es steht dir frei, hinzugehen oder nicht, sagte Alexandra.

Mein Vater, unser Vater hat meine Mutter auch nicht geliebt, sagte Aleks.

Spar dir deinen billigen Trost, sagte Alexandra, du siehst doch, meine Kunden warten.

Aleks reiste benommen in die Kleine Stadt zurück, holte die Kinder ab, die wie selbstverständlich neben einer fremden Frau auf dem

Sofa saßen, die sich als Louna Frater vorstellte und als Philipps zukünftige Ehefrau. Zu Hause küßte sie Silvio und sah ihm später aus der Ferne zu, wie er, unmittelbar neben ihr, stundenlang mit Oliver am Boden saß und komplizierte Schaltungen baute –. Sie hatten eine gemeinsame Geschichte; ihre beiden Mütter kamen aus dem deutschen Krieg und aus zerbombten Städten, sie hatten Schweizer geheiratet, Kinder bekommen und kümmerten sich jetzt um ihre Einfamilienhäuser. Aleks liebte seine weiche Schwere, wenn er auf ihr lag; Silvio liebte ihre unbestimmte Traurigkeit, die fast weißen, weiten Bilder verlorener Innenräume, die sie damals malte, mit ausgesparten schwarzen Rechtecken, die den Blick freigaben auf den Untergrund, die teergetränkte Dachpappe, lost pictures nannte sie Aleks; manchmal schnitt Silvio ihr büschelweise die Kopfhaare ab, und Aleks betrachtete am nächsten Morgen glücklich die bleibenden Spuren ihres Liebesaktes. Außer dem prophezeiten Coup de foudre, der in Aleks' Gedanken, Silvio unerzählbar, sich eingenistet hatte, gab es nichts, das sie voneinander hätte trennen können. Im März begannen sie über eine gemeinsame Fünfzimmerwohnung zu reden, in Zürich vielleicht oder in Madrid, wo Silvio sich als Lehrer an der Schweizer Schule beworben hatte. Im

April beschlossen sie, auf Aleks' Drängen hin, nicht mehr zu verhüten, und Aleks hoffte, möglichst sofort schwanger zu werden.

Am zweiundzwanzigsten Mai rasierte sie sich die Haare vom Kopf, kaufte sich in der Apotheke Notfalltropfen nach Dr. Bach und hörte auf, sich zu waschen.

Als Aleks mit Vollglatze und ungeschminkt, mit einem ausgeleierten Bikinioberteil, das die Schwangerschaftsstreifen am Bauch freilegte, mit unvorteilhaft geschnittenen Jeans, so häßlich wie möglich, um niemanden zu täuschen und wenig später zu enttäuschen, am achtundzwanzigsten Mai 1994 kurz vor elf Uhr abends Ortszeit das Bistro Arleccino betrat, standen sechs ihr unbekannte Mittdreißiger an der Bar. Jeder trug verwaschene schwarze Jeans, jeder sagte hörbar ironisch zu sich selbst, es sei mal wieder höchste Zeit für ein reinigendes Gewitter, jeder hielt einen Gin Tonic in der rechten Hand und prostete ihr zu –

Raoul Felix Lieben hatte eine kleine Reportage abgedreht über die sintflutartigen Regenfälle der letzten Tage, die den ganzen Kanton unter Wasser setzten, die Autobahnen zeitweise unbefahrbar machten, und die Kantonspolizisten beschenkte mit der Wichtigkeit des ersten Ernstfalls ihrer Karriere. Er war müde und wollte noch nicht nach Hause, wo Andrea gut gekleidet saß inmitten von italienischem Design, das sie vor fünf Jahren von ihren Eltern zur Hochzeit bekommen und das Andrea sofort hoch versichert hatte gegen Diebstahl, Unwetterkatastrophen oder Brandanschläge. Andrea war Innenarchitektin und begnadete Einrichterin des gemeinsamen Interieurs. Raoul war oft unterwegs, und Andrea suchte ihm manchmal am Vorabend die passenden Hemden heraus, die er ohne schlechtes Gewissen auszog, wenn er seine Affären hatte, die eben zu einer Ehe gehörten; die ihm nichts bedeuteten außer der ein wenig lächerlichen Bestätigung vielleicht, ein guter Liebhaber zu sein, und er bemühte sich, auch Andrea zuliebe, die nicht unzufrieden schien, sich mit diesem angenehmen Leben abzufinden, in das er unversehens getappt war wie in eine Falle. An diesem Samstagabend trank er den Gin Tonic, als ließe er mit jedem Schluck seine Verfolger im Kopf weiter hinter sich zurück, die ihn Sekunden später wieder einholten, um sich mit einem größeren Schluck aufs neue abschütteln zu lassen. Seine breite, sanft gebogene Nase und der langgezogene Mund trafen beinahe aufeinander und bildeten so zwei rechte Winkel; Nase und Mund lagen als Koordinatensystem für die geerbte Melancholie im unbewegten Gesicht; offensichtlich, dachte Aleks noch, ist er, ohne es selbst wahrscheinlich zu ahnen, bereits Alkoholiker und manisch-depressiv in einer immerhin halbwegs lebbaren Ausprägung, als taghell der Blitz einschlug, die indirekte Halogenbeleuchtung des Bistro Arleccino verlöschte, das Fläschchen mit den Notfalltropfen in Aleks' Handtasche zerbrach, alle eingebauten Sicherungen durchbrannten.

Raouls Hand lag auf Aleks' Arm.

Im Wetterbericht stand nichts von einem Gewitter, sagte Raoul, Regen ja, doch kein Gewitter.

Ich habe kürzlich das Buch eines amerikanischen Philosophen gelesen, sagte Aleks, darin prägt er den Ausdruck von der Tyrannei der Intimität. Ich lebe mit einer Frau zusammen, die ich liebe, sagte Raoul.

Ich bin mit einem Mann zusammen, den ich so gern habe, daß ich immer Angst habe, ihn zu verlieren, daß irgend etwas uns trennen könnte, sagte Aleks, und in eben diesem Augenblick schenkte irgend etwas wie ein veralteter, ironischer Gott, ein kosmischer Witz, schenkte Raoul und Aleks seine einfache, seltene Gnade: Jede ihrer Bewegungen, jeder Laut, jeder Atemzug waren die notwendigen Äußerungen zweier neu Geborenen, ebenso unwillkürlich, ebenso unmittelbar absichtslos; ohne Zukunft, ohne Erinnerung standen sie an einem frühen Sonntagmorgen nebeneinander an der Bar und küßten sich –.

(Drei Jahre später, im Sommer 1997 zum Beispiel, trafen Aleks und Raoul sich eigentlich immer seltener, wenn es Sonntag war. Aleks war zweiunddreißig Jahre alt und an Sonntagen gerne unbeaufsichtigt. Ihr Gesicht verbarg sich den ganzen langen Sonntag hinter einer schläfrigen Anteilnahme am Tun und Lassen ihrer zwei Kinder, mit denen sie, schon bald nach dem Tod der Mutter, dem übermächtigen Wunsch der Kinder nachgebend, in die Kleine Stadt und ins Elternhaus zurückgekehrt war, und im unvermuteten Angeblicktwerden brach es auseinander wie die Eisenbahnschienen im schmalen Kinderzimmer, wenn jemand die Tür zu schnell zu weit öffnete. Die Kleine Stadt war nur vorübergehend zufällig wieder ihr Zuhause, ihr Name, mehr denn je, ein Fremdwort. Zögen sie endlich alle zusammen mit Raoul nach Paris, wo er seinen ersten Spielfilm drehte, gemeinsam mit Alexandra Pospisil, würde Lucas aus der Cellostunde gerissen und Oliver aus dem Fußballclub, aber warum nicht, aus ihren Lebenszusammenhängen. Ein Jahr später bekamen Raoul und Aleks eine Tochter, die sie Jael nannten, und sie versuchten fortan, Tag für Tag zusammenzuleben, indem sie Menüpläne erstellten und Einkaufslisten, eine Putzfrau anstellten, einmal pro Woche einen Babysitter organisierten und einander zwischendurch ansahen, als seien sie erstaunt, den anderen noch immer neben sich vorzufinden.)

Sie trennten sich wortlos vor dem geschlossenen Bistro morgens um halb zwei und wußten voneinander bloß den Namen und den Wohnort.

Am späten Sonntagmorgen waren Aleks und Silvio mit den Kindern bei Silvios Eltern zum Frühstück eingeladen. In der Nacht auf den Montag schliefen sie zum letzten Mal miteinander, und weil sie das nicht wußten, taten sie es ein wenig gleichgültig und unaufmerksam. Als Silvio eingeschlafen war, schluckte Aleks zwei Ritaline auf einmal, nahm die großformatigen Reproduktionen ihrer liebsten Bilder von den Wänden und übermalte sie mit schwarzer Ölfarbe; darunter das Selbstbildnis am 6. Hochzeitstag von Paula Modersohn-Becker. Paula Modersohn-Becker war im Februar 1906 unerwartet für mehr als ein Jahr nach Paris aufgebrochen. Ihren Mann, den Maler Otto Modersohn, ließ sie hinter sich zurück; er blieb mit seiner Tochter in Worpswede. In einem Pariser Hotelzimmer malte sie mit dreißig Jahren ihr Selbstbildnis am 6. Hochzeitstag: Mit nacktem Oberkörper steht sie, als zwinge der obere Bildrand sie, den Kopf dagegen zu stoßen, vor dem endlosen Muster der Tapete, skeptisch mit großen Augen sich selbst im unsichtbaren Spiegel betrachtend. Die Arme und Hände umfassen den schwangeren Bauch. Sie malte sich, ohne schwanger zu sein, als schwangere Frau, während sie gleichzeitig an ihren Mann schrieb: »Ich kann jetzt nicht zu dir kommen, ich kann es nicht. Ich möchte jetzt auch gar kein Kind von dir haben. (...) Ich muß warten, ob es je wiederkommt oder ob etwas anderes dafür wiederkommt.« Otto Modersohn besuchte sie vom Oktober 1906 bis März 1907. Im Frühjahr reiste das Paar, wie eine Biografin schrieb, »voll von guten Vorsätzen und Plänen für die Zukunft nach Worpswede zurück. Paula war ruhiger geworden, aber auch desillusionierter.« An ihre Freundin Clara schrieb sie, sie sei doch nicht die Frau, alleine zu stehen, und auch, daß Otto ihr mehr Ruhe zur Selbstverwirklichung geben könne als irgendein anderer. Überdies war sie schwanger. Drei Wochen nach der Geburt ihrer Tochter Mathilde starb sie an einer Lungenembolie.

Am Montagmorgen rief Raoul an und sagte, er sei aus der ehelichen Wohnung ausgezogen und komme am Freitagabend vorbei.

Aleks legte den Hörer auf und aß eine halbe

Tafel Schokolade, die zufällig auf dem Sofa lag. Sobald die Kinder das Haus verließen, legte sie sich wieder ins Bett, stellte den Fernseher an, aß Pommes Chips und ließ das Telefon klingeln.

Sie war unfähig zu arbeiten, das Geschirr zu spülen oder in den Himmel zu sehen.

Am Donnerstagabend sagte sie Silvio, sie habe sich vollkommen gegen ihren Willen in irgendeinen Fernsehjournalisten verliebt, und Silvio blieb nichts anderes übrig, als ihr ein blaues Auge zu schlagen, und er erleichterte sich so, ihn selbst mitverursachend, den Abschied.

Raoul schenkte ihr sieben rote Rosen für die ersten sieben Jahre.

Im Sommer fuhren sie mit den Kindern nach Frankreich ans Meer, im Herbst brachte Aleks die Kinder zu ihrer Mutter, und sie fuhren nach Italien, im Winter endlich flogen sie zu zweit in den Negev, wo sie in den Ausläufern des Ostafrikanischen Grabenbruchs herumhüpften, in dieser mürben Wunde, deren abbröckelndes Gestein in allen Farben leuchtete, die vor Jahrmillionen aufgebrochen war und nie mehr richtig zuwachsen würde.

Anfang März zog Aleks mit den Kindern nach Zürich in die Paradiesstraße.

Die Kinder ertrugen ihn mehr, als daß sie ihn hätten lieben können. Raoul ertrug sie weniger oft, als er sie eigentlich in seinen Gedanken liebte, ihre noch ungebrochene Selbstbezogenheit (die, so empfand er es in Erinnerung an die eigene Kindheit, längst hätte gebrochen werden müssen), der ungefilterte Ausdruck elementarer Bedürfnisse; hast du keine Milch gekauft, sagten sie vorwurfsvoll zu Aleks, wenn sie vom Malen erschöpft nach Hause kam; jetzt mußt du mir eine Geschichte vorlesen, wo sind meine Boxershorts. Die goldverpackten Schokoladetaler der Crossair, die Oliver und Lucas manchmal morgens halb zerdrückt unter ihren Kopfkissen fanden, die neuen Magnete am Kühlschrank, Londoner Telefonzellen und Freiheitsstatuen, bewiesen ihnen bloß Raouls häufige Abwesenheit, verdeutlichten ihnen seine (unfreiwillige) Fremdheit.

In der Nacht auf den neunundzwanzigsten Mai 1994 hatte ein herabstürzender Himmelskörper in ihr kleines Weltverständnisgefüge einen schmerzhaft tiefen Krater geschlagen. An dessen Rändern verletzte man sich und einander zuweilen; beim gemeinsamen Frühstück, an frühlingshaft warmen Sonntagen, nahm Raoul oft vergeblich Anlauf vom tiefsten Punkt der Kratermulde, in der er seither hockte, um die messerscharf vernarbten Ränder zu überspringen; er sagte angestrengt lächelnd: Laßt uns gemeinsam etwas unternehmen, einen schönen Spaziergang vielleicht, dem See entlang; und Lucas und Oliver tasteten sich vom Außengelände an sie heran, an die eigene knochentiefe Wunde, und brachen daraus Wurfgeschosse: Nicht mit dir, sagten sie, du behandelst uns wie – wie ein Stück Fleischkäse, während Aleks mitten auf der Kante saß, zweigeteilt, die Arme in beide Richtungen ausgestreckt, Raoul schließlich nach Hause schickte und mit den Kindern ins Hallenbad ging.

Sag mir, warum du mich liebst, bat Raoul beim Abschied, und Aleks sagte: Geliebt zu werden ist schön und gut; als Kind schon war ich ständig verliebt, und es kümmerte mich wenig, ob meine Liebe erwidert wurde oder nicht; um halbwegs glücklich zu sein, brauchte ich bloß mein eigenes Gefühl, das dein Anblick zuverlässig mir schenkt.

6

Handle with care

Draußen schob eine jüdisch-orthodoxe Frau zwei Kinder von links nach rechts über die frisch geteerte Straße in die Zukunft: Eines hockte krähend im Kinderwagen, davor lag ausgestreckt schlafend ein Säugling, das älteste Kind ging senkrecht und unverbunden ein paar Schritte hinterher.

Aleks schloß die Augen und schlug eines dieser tschechischen Bücher irgendwo auf, schrieb daraus Textfragmente ab, auf billiges kariertes oder Zeitungspapier, klebte dieses später auf herumliegende Kartons, übermalte das Ganze schichtweise mit schwarzer Tusche, Ölkreide, Kugelschreiber, legte zuletzt mehrere dieser Objekte in offene, stehende Schachteln, die sie für den Betrachter unsichtbar an der Wand befestigt hatte.

In der überregionalen Tageszeitung hatte eine Journalistin, die Aleks flüchtig kannte, in der Besprechung einer Gruppenausstellung in einer kleinen Zürcher Galerie über Aleks' Werke unter anderem geschrieben: Sicher nicht zufällig ist die vorherrschende Farbe in allen ihren neueren Arbeiten schwarz oder zumindest dunkel. Damit verbindet sich für den Betrachter allerdings weniger Düsternis als vielmehr die starke Absorptionskraft dieser Nicht-Farbe. So wird diese in mehreren Schichten und verschiedenen Materialien aufgetragene Schwärze zu einem Speicher für Lebenszeit. Neunzehn Tage Ungewißheit nennt Aleks Martin Schwarz diese Arbeit, und eine Art Sammelbecken für das täglich entwertete (Zeitungs- oder Bücher-)Wissen auf den einzelnen Bildern sind die fliegenden Schachteln, aus Papiermasse und Draht selbst hergestellt von der Künstlerin, Ausrufezeichen, Konzentrationsgefäße.

Aleks war immer wieder überrascht, was manche Betrachter in ihren Bildern sahen; der Antrieb für ihre Arbeit schien ihr bloß ein Mangel zu sein; geboren aus der Unfähigkeit, sich selbst zu begreifen, die eigene Geschichte und die Geschichten dieser Welt.

In Paris hatte sie vor kurzem ein abgerissenes, schmutziges Stück Wellkarton gefunden mit chinesischen Schriftzeichen. Sie zeigte es einem alten, fetten Chinesen, der Tag für Tag in einem Hinterhof saß und fremder Leute Schuhe reparierte, dabei fast kein Wort Französisch oder Englisch konnte. Er sah Aleks an, nahm eine herumliegende, leere Bierflasche und zertrümmerte sie an der nächsten Hausmauer, sagte darauf »non«, nahm dann sorgfältig eine volle Flasche Bier, stellte sie vor Aleks auf den Boden, nahm sie erneut in die Hand, stellte sie wieder hin, hielt sie schließlich zärtlich fast an seine Brust, nickte und zeigte auf den Kartonfetzen, bis Aleks endlich begriff: Handle with care, eine vertraute Aufschrift, tausendmal achtlos gelesen auf Transportkisten. Aleks, im vielleicht naiven Bestreben, wenigstens nachahmend etwas zu verstehen, nahm den Karton und stickte die vier roten Schriftzeichen mit kleinsten Stichen nach, und durch die Zwischenräume stieß sie dünne Stecknadeln mit silbernen Köpfen; so entstand auf der Vorderseite ein Nadelbeet, auf der Rückseite ein Nagelbrett, das man wirklich, handle with care, mit äußerster Vorsicht nur anfassen konnte.

Vorläufig hatte sie ihr Atelier hier in der Zentralstraße von Zürich, bis irgendwann, demnächst, übermorgen, in zwei Jahren vielleicht, egal, das Gebäude abgerissen würde oder umgebaut.

Die Tischplatte, Buche Natur, Aleks hatte sie geerbt von ihrem namenlosen Vorgänger, war noch immer in Plastikfolie eingeschweißt. Der Namenlose hatte sie neu gekauft, ein Etikett nannte noch den Preis, 150 Franken; er hatte sie in dieses Zimmer gestellt und war drei Tage später, angeblich mit dem letzten Geld, zu Fuß in Richtung Amsterdam aufgebrochen.

An die linke Seitenwand hatte er zwölf identische Luftaufnahmen von Österreich gehängt, worauf jeder Atelierbesucher, jede Besucherin diejenigen Orte einkreiste, wo sie oder er einen Bruchteil seiner oder ihrer Lebenszeit verbracht hatte; Wien natürlich, Salzburg oder Klagenfurt waren längst verschwunden unter den eingezeichneten Touristenströmen. Raoul besaß das amtliche Teilnehmerverzeichnis des Fernsprechamtes Wien, Ausgabe Sommer 1938, das Ingeborg 1945 in die Hand gedrückt bekam, als sie zitternd vor einer Wohnungstüre stand und neben einem fremden Namensschild auf die Klingel drückte, wo früher ein anderes Namensschild gewesen war. Fast war sie froh, es nicht mehr sehen zu müssen, es nicht unversehrt vorzufinden, als sei nichts geschehen, Robert Lieben, schwarz auf Gold. In diesem Telefonbuch hatten ihre Eltern die zahlreichen Bekannten unterstrichen, als wollten sie sich ihrer Existenz versichern. Auf dem Boden lag ein Briefumschlag mit dem Absenderstempel des Versuchsleiters einer klinischen Studie; darauf hatte jemand geschrieben: Wenn du Gefahr läufst, dir selbst abhanden zu kommen, versenke dich in die Innenfläche deiner linken Hand.

An der Beerdigung der Mutter drückte der katholische Pfarrer Aleks ein verschlossenes Kuvert in die Hand, das ihren Namen trug. Lesen Sie uns vor, was darin steht, sagte der junge Pfarrer, dessen Wangen mit Couperose überzogen waren, ich habe mit Ihrer Mutter kurz vor ihrem Tod noch gesprochen; es war ihr letzter Wille.

Sie konnte zum Schluß doch gar nicht mehr schreiben, sagte Aleks, öffnete das Kuvert und las.

Der sogenannte Pharmastrich leistete manchem der Mieter hier, selbsternannten Fotografen, Künstlerinnen, Handlesern, einen Beitrag an ein bescheidenes Auskommen. Für 250 Franken pro Sitzung testete man unter medizinischer Aufsicht halluzinogene Stoffe, Psylocibin oder S-Ketamin, die, wie auf den Informationsblättern zu lesen war, Bewußtseinsveränderungen auslösten, die sich mit den psychotischen Symptomen von gewissen psychiatrischen Patienten vergleichen ließen. Je nach Versuch wurde einem entweder kein Gegenmittel, ein noch nicht zur Behandlung zugelassenes Medikament oder aber ein Placebo verabreicht.

Aleks lag einmal pro Monat auf dem Schragen im Paul-Scherrer-Institut in Villigen bei Baden im Positronen-Elektronen-Tomographen, eingewickelt in eine Wolldecke gegen den drohenden Schüttelfrost, den Kopf in eine Styroporhülle gezwängt, die dann gefüllt wurde mit sich verfestigendem Isolierschaum. Eine Infusion mit radioaktiv markiertem Zucker ermöglichte es, die (veränderten) Hirnaktivitäten zu lokalisieren, und Aleks starrte, bewegungslos gefangen, nach oben. Sie verlor sich in unkontrollierbaren Gedankenströmen, schrumpfte wie Alice im Wunderland auf wenige Millimeter und verschwand in den unzählbar kleinen Löchern der quadratischen Deckenelemente, wo sie wieder und wieder ihre zerbrechliche, früh ergraute Mutter den blauen Porzellankrug mit Lindenblütentee vom Küchentisch fegen sah, mit jener großen vernichtenden Geste, die sie nur besaß, wenn sie getrunken hatte.

Wenn die Mutter getrunken hatte, war es Aleks früher manchmal beinahe leichtgefallen, sie zu lieben.

So anwesend war der eigene Körper, ausgeliefert der fremden Substanz, daß Aleks nach jedem einzelnen Atemzug sich hätte übergeben können oder erfrieren: Auf der Stelle hätte sie sich tiefkühlen lassen bei minus 196 Grad Celsius und sich so in der Universitätsklinik aufbewahren lassen bis ins nächste Jahrtausend hinein, neben den überzähligen, garantiert fehlerfreien Embryonen aus der Retorte, die darauf warteten, daß ihre leiblichen Eltern sich ihre Weiterentwicklung zu einem Fötus wünschten oder ihre Vernichtung.

Alle zwei Wochen schnitt sich Alexandra sorgfältig (unnötig, dazu in den Badezimmerspiegel zu sehen, der einen riesigen, unvertrauten Kontinent zurückwarf oder ein kleines, verschlossenes Jungengesicht) mit Mutters Haushaltsschere und Vaters Rasierapparat die dünnen rotblonden Haare. Ein ausrasierter Nacken wie im Militär, sagte der Vater eines frühen Samstagnachmittags, wenige Minuten vor zwölf Uhr dreißig in jener Hochsommermitte des Jahres 1976. Er saß im Eßzimmer, zurückgelehnt in seinen Sessel und allein noch am gedeckten Tisch, physisch vorbereitet auf die Nachrichten, die man bald verdreifacht, kaum wahrnehmbar zeitverschoben, aus den offenen Eßzimmerfenstern der Nachbarshäuser hören würde. Die Sonne stand im Zenit, so hoch es ihr in den gemäßigten Breiten möglich war, und Heinrich sah Alexandra sich aus dem Fenster lehnen, wie er selbst, seine sonntägliche Büroarbeit willkürlich für eine Zigarettenpause unterbrechend, sich damals aus dem Fenster gelehnt hatte. Draußen saß Alexandra und schob sich eine Handvoll Schneckenkörner in den

Mund. Doris war oben im Kinderzimmer damit beschäftigt, Tom und Res in den Mittagsschlaf zu singen. Hätte man dem Kleinkind nicht sofort den Magen ausgepumpt, hätte es, von Krämpfen überwältigt, im Gras vielleicht sich einfach hingelegt, das Gesicht nach unten. Die Rundung des Hinterkopfs seiner jetzt elfjährigen Tochter, der er vielleicht das Leben gerettet hatte, der Übergang zum freigelegten, schimmernden Nacken schien Heinrich im Gegenlicht fast unglaubwürdig vollkommen; zu eigenständig fremd, um ihn in väterlicher Zärtlichkeit zu berühren; wenn du willst, sagte er statt dessen, kannst du später zum freiwilligen militärischen Frauenhilfsdienst, ich habe Prospekte –

Alexandra drehte sich um und sah ihn an. Sie lachte aus selbsterworbener Gewohnheit, drehte sich wieder von ihm weg, stieg auf den Fenstersims und sprang, ohne sich zu begreifen, aus dem Fenster in den Garten, halb blind vor Wut (gegen den sie als zukünftige Frau schon entblößenden Körper), und kletterte, so schnell sie konnte, ohne je hinunterzusehen, auf die mächtige, inwendig zu Knochenmehl zerfallende Rotbuche. Bäume ernährten sich von Tierknochen, seit das erste, ebenso häßliche wie geliebte Langhaar-Meerschweinchen in diesem

Garten beerdigt worden war, dem Jahr für Jahr ein Hamster folgte oder ein weiteres Meerschweinchen, die alle denselben Namen bekamen, als hätte es das verstorbene Tier nie gegeben, alle hießen sie Putzi; jemand schrie Alexandra, ihren Namen, und sie hielt erwachend inne –. Sie sah zwischen den Blättern des Baumes das Hausdach. Komm sofort von diesem Baum herunter, aber mach langsam, sagte der Vater, Schritt für Schritt. Und gegen die Angst oder den alten, verborgenen Wunsch, zu fallen, blindlings sich ins samstäglich frisch geschnittene Gras fallen zu lassen, befahl Alexandra sich selbst, die Augen offenzuhalten, hier und in dieser einzigen Welt, in diesem ihr einzig möglichen Körper auszuharren, mit der ganzen Angst, in die Tiefe zu sehen, in die Nähe, in die Ferne: in die Sandkästen der Nachbarskinder, in ihre stumm gegen den übermächtigen Himmel aufgerissenen Münder, wenn sie vor Schmerz oder Lachen keine Luft mehr bekamen, den grauen Haaransatz ihrer brünetten oder blonden Mütter genauzuregistrieren, die jetzt über die Türschwellen der umliegenden Häuser traten und zum Mittagessen riefen, ihre auswendig zärtlichen Gesten des Trosts sich einzuprägen, in die kraftlosen Augen der eigenen Mutter zu schauen, die noch immer mit herabhängenden Armen dastand und ihren Namen rief.

Auf der anderen Seite lag, halb in Alexandras Rücken, während behutsam sie hinunterstieg, so weit das Auge reichte, der kleinstädtische Friedhof, der hinter dem Garten des Elternhauses, hinter dessen Mauer sich erstreckte, seine verordnete Stille übers Zelgliquartier legte und an den Werktagen die Abgase des Krematoriums.

Alexandra liebte den Friedhof, und so verspielte sie dort ihre Kindheit. In den Ferien, an Sonntagen oder schulfreien Nachmittagen, wenn Tom und Res gemeinsam unterwegs waren, die Mutter für ein Stündchen sich hinlegte, schnitt sie heimlich eine Blume aus dem Garten, stieg über die mit verschiedensten Moosarten getränkte Friedhofsmauer und setzte sich, hinter Thujahecken versteckt, unabhängig von Wetter oder Jahreszeit, die schwarze Pelzmütze der Mutter auf. Nach eigener Einschätzung nun glaubwürdig als trauerndes Kind verkleidet, machte sie zusätzlich ein tieftrauriges Gesicht für die Schutzengel, die stundenlang leere oder mit Erde gefüllte Schubkarren quer durch den Friedhof schoben. Als mürrisch-pädophobe Friedhofsgärtner bloß verkleidet, arbeiteten sie hier ihre wohlverdiente Strafe ab für versäumte

Hilfeleistungen. Alexandra trauerte um ihren lieben kleinen Bruder, um ihre Großmutter, die arme Tante, und ging von Grabstein zu Grabstein, um sich hinter lauter unbekannten Namen und Jahreszahlen möglichst fremde Lebensläufe zu erfinden. An jenem Samstag im Hochsommer lag nach dem Mittagessen zwischen zwei Gräbern ein schwarzes Z, das aus einem Namen herausgefallen sein mußte. Über Wochen hin entfernte Alexandra nun von mehreren alten Grabsteinen lose Buchstaben und Ziffern und versuchte, damit ihren Namen zusammenzusetzen, der sich so verwandelte in Aleks Martin Schwarz (dessen merkwürdige Schreibweise sich aus dem fehlenden X ergab, das auf allen Grabsteinen festhockte). Geburts- und Todesjahre entstanden nach Belieben, aber auch Wortfolgen wie LINKS WAR SCHMERZ SCHALK ZART WARM; und so holte sich Aleks abends in ihrem schmalen Zimmer im ausgebauten Dachstock durchs offene Fenster das MARSZELT vom Himmel, wo die bestohlenen Toten auf Wolken vorüberzogen, und steckte es IN den eigenen SACK.

In den letzten zwölf Jahren war Aleks, ohne irgendwo eine Spur zu hinterlassen (stets wurden die Häuser abgerissen oder umfassend renoviert, mit Ausnahme des Elternhauses), ungefähr zehnmal hin- und hergezogen, vom Zelgliquartier ins Innere der Kleinen Stadt; nach der Matura, hochschwanger und zusammen mit Philipp, nach Zürich-Aussersihl in eine winzige Wohnung an der meistbefahrenen Straße der Stadt, ohne Philipp, mit dem knapp einjährigen Oliver weiter nach München, wo man sie nach zwei Jahren aus der Schauspielschule warf. Hochschwanger kam Aleks in die Kleine Stadt, ins Elternhaus zurück, begann zu malen und trennte sich endgültig von Philipp oder er sich von ihr. Mit Oliver und dem Säugling Lucas zog Aleks nach Gretzenbach in die alte Mühle mit ehemaligen Fixern, von dort aus weiter nach Brugg, Lenzburg, Zürich-Wollishofen, unterbrochen von zwei mehrmonatigen Aufenthalten in der Cité Internationale des Arts in Paris – während Raoul Felix Lieben seit zwei Jahrzehnten bald seine Zahnbürsten, Rasierklingen und -schäume griffbereit in vier verschiedenen Badezimmerschränken deponiert hatte und zwischen den einzelnen Orten sich ständig bewegte ohne Gepäck. In seinem Geburtsort Paris besaß er eine gleißend helle Dachwohnung an der Rue St-Denis, hinter deren doppelverglasten Fenstern er an seinen Wochenenden saß und beobachtete, wie die stark befahrene Straße in eine propere Fußgängerzone verwandelt (mehrfach hatte er die Aufschrift der grünen Putzwagen, Propreté de Paris als Proprieté gelesen), wie die Nutten im Laufe der Zeit fast unmerklich verdrängt wurden von Sexshops mit Videokabinen oder Bühnenstriptease. In Zürich lebte er vor der Heirat mit Andrea und nach der Trennung von ihr mit ständig wechselnden geschiedenen Journalisten in einer vielschichtigen Jugendstilwohnung nahe der Universität. Wer auszog, ließ altmodische Skibekleidung zurück, einen braunen Spannteppich, eine obsolet gewordene Ritterburg aus Legosteinen, selbstgebrannten Schnaps einer inzwischen verstorbenen Großmutter. In der Altstadt von Bern hatte er eine Art Möbellager mit Holzheizung noch aus seiner Ausbildungszeit bei der Auslandsredaktion der Schweizerischen Depeschenagentur seit Jahren untervermietet, im Südtessin verfügte er über ein kleines Haus, das Ingeborg mit dem geerbten Geld ihres Cousins sich gekauft hatte und das er selbst eines Tages, vor dem er sich fürchtete, erben würde.

Journalist war er nach einem abgebrochenen Geschichtsstudium geworden, zunächst bei verschiedenen Zeitungen, später beim Fernsehen, weil eine eindeutige Begabung ihm fehlte, so empfand er es selbst, und ebenso aus einem Überfluß an diversen kleineren Begabungen.

Kombiniert mit der Fähigkeit, in jeder Situation sich schnell zurechtzufinden, und einer Äquidistanz zu den meisten Dingen und Ereignissen, die Einschaltquoten versprachen (die nach jeder Sendung den Mitarbeitern ausgehändigt wurden wie den Schulkindern die Zeugnisse), brachte er seine Gesprächspartner oft dazu, genau das zu sagen, was sie verschweigen wollten. Fast glücklich war er, wenn er dabei die Distanz zu sich selbst für Momente verlor, bei Live-Schaltungen manchmal aus aktuellen Krisengebieten, die ihn kurz danach beelendeten. Im Kopf hatte er seit langem mehrere Spielfilmprojekte; Aleks' Arbeiten bewunderte er, und gleichzeitig erschreckte sie ihn, wie sie mit den Kindern umging, die sie nach Belieben mit sich herumschleppte oder irgendwo zwischen Tür und Angel hinstellte wie ein dekoratives Accessoire, das man je nach Kleidung sich umhängte oder es im Schrank hängenließ; in Gedanken weniger mit ihnen beschäftigt als mit ihren Bildern.

Aleks fuhr jeden Tag mit dem Bus an Reisebüros vorüber, die Last-Minute-Flüge ausgeschrieben hatten und die billigsten Flugtickets nach London, die Aleks jeden Tag im Vorbeifahren kaufte, nach London Heathrow einfach, oder besser noch in eine häßliche nordamerikanische Kleinstadt, wo sie allein im siebzehnten Stock eines Hochhauses wohnte, links und rechts umgeben von zwei identischen Hochhäusern, unter fremdem Namen und in vollständiger Anonymität. I have too much identity, sagte Louise Bourgeois in einem Interview, die von Frankreich in die USA ausgewandert war und erst dort anfing, als Künstlerin zu arbeiten, deren Familienbild Nest of five hieß; fünf nebeneinanderliegende kurze Rohre, schräg angeschnitten wie Rosen in der Vase, in die sie je acht weitere kleinere Rohre schob, die Aleks an das weibliche Geschlecht erinnerten und beim geringsten Anstoß in eine sich fortpflanzende Bewegung gerieten. Aleks glaubte, darin ihre eigene Familie wiederzuerkennen und im Satz der Künstlerin sich selbst; während Raoul weltweit auf der Suche war nach seiner verborgenen Herkunft und einer möglichen Bestimmung seiner Existenz, besaß Aleks von beidem zuviel.

Sie waren beide in derselben Kleinen Stadt groß geworden; dreihundert Meter Luftlinie und sieben Jahre voneinander entfernt, durchliefen sie dieselben Schulen, betraten sie dasselbe Lehrgebäude aus Glas; Raoul in den siebziger Jahren, Aleks in den achtziger Jahren; ihre beiden Mütter kauften das tägliche Brot in der gleichen Bäckerei Furter, ohne einander je kennenzulernen. Sie hatten als Kinder dieselbe Aussicht: Über die Kleine Stadt ging ihr Blick auf das mäßig hohe Jura-Gebirge, das den Nebel im Spätherbst sich anzog wie einen notwendigen Schleier.

Die gemeinsame Erinnerung an den verhaßten Nebelschleier, der jeweils ein halbes Jahr über der Kleinen Stadt hing, entblößte ihre Liebe; er riß für Aleks und Raoul den schmalen Spielraum auf, sich zu entblößen und die Blöße des anderen zu ertragen; gewoben war er aus den Atemzügen ihres nachtnächtlich gemeinsamen Schlafes, in dem sie sich an den Händen hielten wie zwei ängstliche Kinder.

Seither, seit dem überstürzten ersten Auszug aus dem grau verputzten Elternhaus mit den roten Fensterläden, war Aleks nie länger als ein, zwei Jahre an einem Ort geblieben, um nicht mitanzusehen, wie er älter würde, eingerichtet und furchtbar vertraut, wie die Wände der Wohnung vom Zigarettenrauch sich gelbgrau verfärbten, wie Gegenstände unsichtbare Risse bekämen, nie gelesene Bücher in Regalen verstaubten, die Gesichter der Nachbarn abmagerten, Fett einlagerten oder, fast unerträglicher noch, über Jahre und Hochzeiten, Geburten hinweg gleich blieben. Denn überall zu Hause umarmte man den Tod; er hockte unsichtbar behäbig auf bequemen Stoffsofas, und man schlief, einträchtig zusammen mit ihm, von Georg Kreisler verzweifelt gehetzt besungen, abends um neun vor dem Fernseher ein.

Ihre wenigen Teller zerschlug Aleks, bevor sie zerbrachen; sei es in der Cité des Arts oder am ausfransenden Stadtrand von Zürich.

Trotzdem besaß sie heute, an ihrem dreißigsten Geburtstag, einen halben zusammengeschenkten Haushalt in der Paradiesstraße 62 in einer städtisch subventionierten Vierzimmerwohnung mit einem sechseckig verglasten, nachträglich angebauten Balkon, zwei uneheliche Kinder und eine Honda Dominator, die sie weder fahren konnte noch durfte. Von einer Freundin im Tausch gegen drei Bilder aus dem Zyklus »Neunzehn Tage Ungewißheit« ihr überlassen, stand die Maschine seit geraumer Zeit knallrot in einer Garage in Ennetbaden und rostete wahrscheinlich, täglich an Wert verlierend, vor sich hin – Aleks müßte zuerst, nach zwei Jahren Praxis, die Fahrprüfung für Motorräder bis 125 Kubikzentimeter Hubraum, dann, nach weiteren zwei Jahren, diejenige für Motorräder mit mehr als 125 Kubikzentimeter Hubraum ablegen – dafür hatte sie weder die Zeit noch die Kraft noch das Geld.

Aleks sah auf die Uhr, packte ihre beiden überlebensnotwendigen Dinge, Agenda und Zigaretten, in eine Papiertragtasche und wartete auf den überfüllten Bus, der sie nach Hause bringen würde in die Paradiesstraße, ans Südende der Stadt, ans alltägliche Ende der Welt, wo die Kinder ihre auf dem Heimweg für Aleks aufgesparten Sätze schon der Nachbarin verkauft hatten; Oliver und Lucas saßen durchnäßt vor der Wohnungstüre und hatten je ein Erdbeercornet in der Hand. Aleks, nein Raoul, hatte einmal mehr vergessen, den Wohnungsschlüssel für die Kinder ins Paketfach zu legen. Im Briefkasten lag einzig ein Zettel, die dritte Wichtige Mitteilung innerhalb einer einzigen Woche, schwarz auf rosarot. Fettgedruckt war die Anrede, Sehr geehrte Frau Heinrich, wir wollten Ihnen heute eine Urkunde zustellen (...), und wieder fettgedruckt der Schluß: Mit freundlichen Grüßen (selbst ein Todesurteil, dachte Aleks, würde hierzulande so höflich eingerahmt); dazwischen waren mit Kugelschreiber eingekreist die Wörter Arbeitsort, Stadtpolizei. Natürlich eine Betreibung. Aleks lebte von Kunststipendien, die willkürlich eintrafen oder ausblieben, wechselnden Gelegenheitsjobs bis hin zur selbstzerstörerischen Nachtarbeit als Telefonistin bei einer 24-Stunden-Live-Sexnummer, die sie, im Gegensatz zum Film Short Cuts zum Beispiel, wo eine Hausfrau vollkommen unbeteiligt ins Telefon stöhnte, während sie einem Säugling die vollen Windeln wechselte, in eine sexuelle Erregung versetzte, für die sie sich verabscheute. Sie ließ sich bezahlen für die eigene Lust an vorgestellten Schwänzen, an älteren Männern, die dickbäuchig neben ihren schlafenden Ehefrauen im Bett lagen und ins Telefon flüsterten. Ab und zu verkaufte sie ein kleineres Werk; Philipps Alimente deckten noch nicht mal die Kosten für die Krankenkasse und den Mittagshort der Kinder. Vor zwei, drei Jahren noch hatte sie heimlich aus dem Vorratskeller der Eltern jeweils mehrere Liter UHT-Milch, Konservendosen mit Ananasscheiben und Fertigfondue mitgenommen, das sie zu Hause, um den Herd stehend, aus der Pfanne aßen, Lucas und Oliver auf Stühlen, weil sie weder Caquelon noch Rechaud besaßen.

Bei den Betreibungen handelte es sich zumeist um lächerliche Beträge für französische Versandhauskosmetik, die im Duopack ungeöffnet im Bücherregal ihr Verfallsdatum überstand. Mit gesenktem Kopf stieg Aleks alle paar Monate in den zweiten Stock des jeweiligen Betreibungsamtes, wo oft ausnehmend gut gekleidete, sorgfältig geschminkte Frauen Ratenzahlungen beantragten oder Rechtsvorschlag erhoben. Sie nahm den Zahlungsbefehl entgegen, zahlte, zur schlecht überspielten Überraschung der Angestellten, sofort und versprach sich selbst, dies sei das letzte Mal gewesen, endgültig. Die Angestellten bemühten sich, als verkauften sie Zahnstocher oder Intimspray, um diskrete Normalität, die überall im Land den Mindestabstand bestimmte zwischen den Menschen; vor Post- und Bankschaltern, in Straßenbahnen, Mietshäusern und Ehebetten verbot eine fette sichtbare oder unsichtbare Linie deren Übertretung, während gleichzeitig weltweit auf allen Fernseh- und Radiokanälen intimste Geständnisse gemacht, Offenbarungseide geleistet wurden: Ich bin ein Mörder, ich bin eine Hure, ich verprügle täglich mein Kind und werde es weiterhin täglich verprügeln, ich bin pädophil, ich wurde vom eigenen Vater sexuell mißbraucht, hört mir nur alle zu, seht mich nur alle an, nur du nicht, meine unbekannte Nachbarin, mein Nächster.

Paul, dreißigjährig, seit zwei Jahren an Aids erkrankter IV-Rentner und ein alter Freund von Aleks, war kürzlich in London gewesen, an einer Underwear-Party in Camden Town, da habe man gleich dutzendweise hot ass with aids lesen können auf Calvin Klein-Boxershorts oder auf ausgeleierten, gerippten Unterhosen, die andere Männer mit denselben Unterhosen wortlos schnell heruntergezogen hätten, um vor aller Augen ungeschützt diese heißen Ärsche zu ficken, sich kurz darauf anzuziehen, sich schützend mit bloßen Händen über die Haare zu fahren und fluchtartig die Party zu verlassen.

Die Teigwaren waren nicht verkocht, kein Telefon der Hortleiterin: Lucas spuckt schon wieder seine Mitschüler an, hatte Aleks aufgehalten; Oliver und Lucas aßen die Spaghetti zufrieden ohne Sauce, kauten im Rhythmus der Backstreet Boys aus dem Radio: Nobody but you, und Aleks dachte an die Mutter, bevor ihre Krankheiten zum ersten Mal nach außen gebrochen waren (danach hatte sie höchstens noch nachts um drei die vergorenen Risottoreste der Haushaltshilfe aufgewärmt, oder eher noch hatte sie sie kalt in sich hineingeschaufelt mit bloßen Fingern und geschlossenen Augen), wie Doris Heinrich ihre Kinder, Aleks und ihre beiden Brüder Tom und Res, wenn sie nicht essen mochten, was die Mutter auf den Tisch gestellt hatte, Spinat oder Hirsebrei, auf den Spannteppich vor den laufenden Fernseher gesetzt hatte, wo ihre rechten Kinderhände, die Augen in ferne Welten versenkt, in Schießereien und Lavaströme, die Gabel zum Mund führten wie von selbst.

Aleks wurde an diesem Freitag dreißig, kein Unglück, keine Party; bald würde Raoul kommen, drei, vier Nachrichten auf dem Band, von Paul, von Donata, die gerne schwarze Lederstiefel trug, die ihr reichten bis über die Knie, von Christine, die inzwischen wirklich mit ihrem einzigen Koffer nach Kopenhagen ausgewandert war: Welcome honey, join the club; und kein verdammtes prophezeites Glück überfiel Aleks, wenn sie abends Olivers Platzwunden säuberte, die er regelmäßig vom Fußballtraining mit nach Hause brachte wie eine Trophäe.

Manchmal vermißte sie Silvio –

Vielleicht hatte jener hautkranke Dermatologe recht, den Aleks manchmal am Hauptbahnhof, im Café Arcade, zufällig traf und der immer dieselben schwarzen Wildlederhosen trug: Jenseits der Dreißig leuchtete einem die Sonne frontal ins Gesicht, und man begann, seinen stets länger werdenden Schatten hinter sich herzuziehen, der kurz zuvor noch, die Sonne lag wärmend im Rücken, ein Sprungbrett gewesen war.

Um diese Zeit, halb neun Uhr abends, die Zeit von Alexandras Geburt in der Kleinen Stadt dreißig Jahre zuvor, mußte Doris Heinrich längst schon angeschnallt in Königsfelden im Bett liegen. Die Schlaftablette Rohypnol im wunden Mund, Candida albicans, eine Folge wohl der vielen Tabletten, vergaß sie vielleicht für zehn traumlose Stunden, daß ihr Überleben seit bald einundfünfzig Jahren, wie sie es nicht nannte, wie sie es früher nur betrunken jedem an den Kopf geschrien hatte, jede weitere Erklärung verweigernd, der reine Hohn war.

Über der Stadt lag an jenem Abend ein hoher Ton.

7
Wenn ich ein Junge wär

Frühmorgens Ende der siebziger, Anfang der achtziger Jahre fuhr Aleks' Mutter, die ehemalige Hotelangestellte Doris Ehrlacher, täglich um sieben Uhr vierzig mit dem Regionalzug dem Jurasüdfuß entlang gegen Westen, in die nächstliegende außerkantonale Stadt. Versehen mit der zufälligen Gnade des Jahrgangs 1931, weder Täterin noch Mitläuferin noch eingeplantes Kriegsopfer zu sein, höchstens eine übermäßig Mitleidende, die Eltern und der kleine Bruder ein halbes Jahr vor dem Kriegsende tot, umgekommen angeblich durch die Bombardierung von Freiburg im Breisgau in den frühen Abendstunden des siebenundzwanzigsten November 44. Noch eh ich jung war, war ich alt, so beschrieb im Gedicht »1945«, das Aleks las kurz nach der Beerdigung der Mutter, die Schriftstellerin Inge Müller ihr abruptes erwachsen Werden. Als ich Wasser holte, fiel ein Haus auf mich, schrieb sie, die drei Tage lang in Berlin, zwanzig Jahre alt, unter Trümmern begraben, überlebte, bloß um danach ihre Eltern tot zu bergen und sich einundzwanzig Jahre später selbst das Leben zu nehmen.

An der Beerdigung der Mutter am zwanzigsten Juni 1995 in der kleinen Abdankungshalle des Friedhofs der Kleinen Stadt öffnete Aleks den Briefumschlag und las langsam und stokkend: Liebe Alexandra, lieber Thomas, lieber Andreas; lieber Heinrich.

Ich hoffe, ihr habt euch nicht schwarz angezogen. Ich hasse es, fiel Thomas ein, er trug blaue Jeans und ein weißes Hemd, das Doris wahrscheinlich noch gebügelt hatte, wenn Leute über den Tod hinaus über die Lebenden bestimmen wollen, gleich befiehlt sie uns auch noch, aus ihren Fehlern zu lernen, nicht zu trinken und mit dem Rauchen aufzuhören. Er schwieg, überrascht wohl von der eigenen, völlig unpassenden Heftigkeit, stand auf, ging geradeaus mitten durch die Stille hindurch und verließ die Abdankungshalle, deren Tür ins Schloß fiel mit einem ohrenbetäubendem Schlag. Aleks zögerte und las weiter, voller Unbehagen über die Hauptrolle als Trauernde, die ihr nicht zustand und vielleicht niemandem hier.

Es gibt Dinge, sagte mir Pfarrer Arnold, die man nicht mit ins Grab nehmen will oder kann. Ich stehe am Ende eines Lebens, das mir dreimal geschenkt wurde, ohne daß man mich gefragt hätte, ob ich es auch will: ein erstes Mal natürlich am Tag meiner Geburt. Mein Vater hätte lieber einen Jungen gehabt; nun gut, er bekam ihn, zu meinem Glück, drei Jahre später und nannte ihn, wie so viele andere Eltern damals ihre Söhne, Adolf. Adolf war ein unglaublich schönes Kind mit sanften dunklen Augen und langen, gebogenen Wimpern, das schon als Dreijähriger mit hängenden Schultern herumlief und mit eingezogenem Kopf. Meine Eltern betrieben, ich habe es euch erzählt, eine kleine Bäckerei. Ich möchte in der Kindheit verweilen und kann es doch nicht. Unsere Kaiser-Joseph-Straße war umbenannt worden in Adolf-Hitler-Straße, und mein Vater war stolz darauf, und ich war es auch. Am siebenundzwanzigsten November 1944 saßen wir kurz nach dem Bombenalarm ohne meinen Vater im Keller unseres Hauses. Ich sah meine Mutter nicht, wie sie unter den Steinmassen der einstürzenden Seitenwand begraben wurde, ich hörte nur ihre Schreie. Mein letztes Bild von ihr ist, wie sie dasitzt im Keller mit dem Strickzeug in den Händen, das sie mitgenommen hatte; sie strickte mir zu meinem Geburtstag ein Paar rote Handschuhe. Ein Handschuh war soeben fertiggeworden, und ich hatte ihn anprobiert. Ich hörte ihre Todesschreie und betrachtete den roten Handschuh an der linken Hand; er paßte ausgezeichnet. Ich habe ihn aufbewahrt, erfolgreich vor den Motten geschützt, und dreißig Jahre später habe ich einen zweiten dazugestrickt. Natürlich habe ich nicht genau dieselbe Farbe gefunden, und du, Alexandra, hast dich immer geweigert, sie zu tragen. Mein Bruder Adolf irrte im Keller umher. Ich sagte ihm, daß Mama tot sei; doch er lachte mich aus und sagte: Da steht sie doch, neben mir, bist du denn blind, und erzählt mir eine Gutenachtgeschichte. Ich schrie ihn an, er solle sich zusammennehmen, die Mutter sei tot und der Vater wahrscheinlich auch. Ich schrie ihn so lange an, bis er weinte und sagte, du hast recht, jetzt ist sie weg. Ich konnte es mir nie verzeihen, daß ich ihm das noch angetan habe, ihm die Mutter wegzunehmen, und ich kann es mir auch heute nicht verzeihen, wo all die Medikamente, die ich schlucken muß, um zu überleben, mich langsam und sicher vergiften. Die Ärzte haben es vielleicht noch nicht gemerkt, aber ich bin sicher, daß es so ist. Vielleicht hätte Adolf sonst, in seiner Verwirrtheit, der Gutenachtgeschichte in seinem Kopf weiter zugehört und nicht versucht, die Kellertreppe hochzusteigen, was ihn das Leben gekostet hat. Ich selbst war in den Trümmern eingeschlossen. Das Wasser ergoß sich aus den geplatzten Rohren. Ich habe Adolf nicht mehr gesehen. Ich merkte, daß ich mich erbrechen mußte. Um mich nicht zu beschmutzen, grub ich ein Loch in den Schutt und erbrach mich dort hinein. Mein Vater war unterwegs gewesen zum Lazarett. Endlich schrie ich um Hilfe. Ein Soldat zog mich mit letzter Kraft aus den Trümmern, das Haus brannte bereits. Der unbekannte Soldat ließ mich stehen und ging weg. Ohne ihn wäre ich ertrunken oder verbrannt oder erstickt. Unterwegs auf der Straße sah ich einen Mann, der in ein wassergefülltes Loch fiel; und ich lachte mich halb krank. Es war unglaublich komisch; er stand da wie ein begossener Pudel, fluchend und schimpfend, während ringsum das Feuer loderte und ein kleines Mädchen danebenstand mit brennendem Pullover. Ich fand meinen Vater unversehrt im Lazarett. Bekannte nahmen uns auf, wir schliefen in der Küche. Eines Morgens, am vierzehnten Dezember 1944, wachte ich auf mit rasenden Kopfschmerzen, roch das Gas aus dem Backofen und sah neben mir meinen Vater, der, das begriff ich erst später, uns beide hatte töten wollen. Ich hatte in den letzten Tagen genügend Tote gesehen, um zu wissen, daß er tot war. Ob er seiner Frau und seinem Sohn folgen wollte, den er, das muß ich ihm zugute halten, liebte, obwohl Adolf das Gegenteil eines starken blonden Jungen war, oder ob er, der überzeugte kleine Nazi, sich und mir den Endsieg im Kopf bewahren wollte, von dem er am Vorabend noch sprach, weiß ich nicht.

Aleks legte das Blatt weg und sah auf. Thomas war, ohne daß sie es bemerkt hatte, wieder hereingekommen und schleuderte, die stille Lähmung jedes einzelnen erlösend, seine gesammelte Wut in den hohen, wie betäubten Raum; die glaubt, sie kann uns das einfach so hinknallen, schrie er; ihr Leben lang hat sie bloß geheimnisvolle Andeutungen gemacht, um uns dann mit ihrem beschissenen Elend allein zu lassen.

Die Orgel übertönte seine letzten Worte, Handtaschen wurden geöffnet, Papiertaschentücher hervorgekramt, Heinrich blies den Staub von seinem schwarzen Anzug, und Oliver gähnte hinter vorgehaltener Hand.

Am offenen Grab weinte jeder ein wenig für sich und ein wenig für die anderen, und Andreas holte ein zerknittertes Blatt Papier aus der hinteren Hosentasche und las halblaut etwas vor über die Zeit von Doris' Alkoholismus in den achtziger Jahren, die sie beide, Tom und Res, ahnungslos zugebracht hätten wie hinter bruchsicherem Glas.

Vor kurzem hatten sie beide ihr Anwaltsexamen bestanden und sich beim IKRK für einen Auslandseinsatz beworben.

Die dreizehnjährige Doris, ein Foto hat sie kränklich festgehalten und mit unsauberem Teint, wurde eher widerwillig von einer alleinstehenden Tante aufgenommen, einer Schwester des Vaters, die im unzerstörten Teil der Stadt als Krankenschwester lebte; Doris schlief im Wohnzimmer auf dem Sofa und absolvierte nach dem Krieg mit einiger Mühe die Mittlere Reife. Vielleicht übersprang sie nachts im Traum mühelos fünfzehn Treppenstufen auf einmal oder stürzte sich, von lachenden SS-Männern verfolgt, von geraniengeschmückten Balkonen und erwachte schweißgebadet beim Aufprall, vielleicht wäre sie gerne Kindergärtnerin geworden. Statt dessen verkleidete sie sich wenig später in eine jener arbeitswilligen Grenzgängerinnen aus dem Badischen, die in ihrer elternlosen Not täglich damals den Rhein überquerten, in leicht unterwürfiger Haltung bis zur Hochzeit mit irgendeinem Schweizer, die sie zu Schweizerinnen machte und für kurze Zeit aufrichtete. Alexander Jakob Heinrich, den Doris Erlacher drei Jahre lang, ohne ihn zur Kenntnis zu nehmen, ab und zu als Serviertochter in einem Basler Hotelrestaurant bediente, wo er mit seinen Geschäftspartnern hinzugehen pflegte, machte ihr eines Abends überraschend bei Kerzenlicht einen Heiratsantrag, den sie, ohne groß überlegen zu müssen, annahm.

Heinrich, so stellte sich heraus, hatte von seiner Mutter Helene in der Kleinen Stadt ihr letztes eigenhändig renoviertes Haus geerbt, alles Notwendige war vorhanden, und so zogen sie bald nach der Hochzeit dort ein.

In der EPA in Olten war der Alkohol am billigsten zu haben, ohne überflüssige Wortwechsel mit bekannten Gesichtern, und die Kassiererinnen kannten von Doris Heinrich nur die Uhrzeit, den abgetragen veilchenblauen Regenmantel und das abgezählte Geld. Nie zahlte sie mit einer Hunderternote; sie klaubte mit fahrigen Händen morgens um zehn nach acht den genauen Betrag aus dem bedruckten Stoffportemonnaie, ein Treuegeschenk der Winterthur Versicherungen, und im Gesicht trug sie eine EPA-Sonnenbrille, auch noch im stets vernebelten Spätherbst.

Kurz nach ihrem zwölften Geburtstag hatte Aleks sie zum ersten Mal, noch ohne es zu begreifen, betrunken aufgefunden. Sie kam früher von der Schule nach Hause, um elf statt um zwölf, es war Sommer, und die Turnstunde hatte wegen eines kleinen Autounfalls des zuständigen Lehrers nicht stattfinden können. In anderen Kantonen hatten die großen Schulferien ihre

Schatten schon nach dem Süden geworfen, darunter waren ganze Familien versammelt, auf praktischen Klappstühlen saßen sie unter Zeltvordächern; unter Sonnenschirmen dösten sie nebeneinander her voneinander weg an hoteleigenen Stränden, um nach zwei Wochen erlöst, endlich abgelöst zu werden von ihren Nächsten; Heinrich, Doris und die Kinder würden übermorgen nach Italien fahren, es waren ihre ersten Ferien am Meer, bei Pesaro an der Adria; daran dachte Aleks und freute sich und überrannte die Treppenstufen in den ersten Stock, wo sie Mami rief, hallo, du mußt mir gratulieren, ich habe eine blanke Sechs im Bruchrechnen bekommen! Vor dem Schlafzimmer verlangsamten sich ihre Schritte. Die Tür stand offen – am Boden die Mutter: Das Gesicht der Tochter zugekehrt, lag sie halb im Flur, halb im Schlafzimmer, die Schuhe auf dem chinesischen Seidenteppich, den niemand mit Schuhen betreten durfte. Mit offenem Mund lag sie da, die Augen geschlossen, die Arme fast hingen waagrecht zur Seite; und über dem Ehebett sah Aleks Jesus hängen wie immer, was das Kind aus unbekannten Gründen beruhigte. Mutters brauner Perlonpullover war hochgerutscht, eingefallen und bleich der Bauch; nie hatte das Kind diese Landschaft aus schimmerndem Perlmutt aus solcher Nähe betrachtet.

Mami, wach auf! sagte Aleks und kitzelte sie unter den Armen, boxte sie dann leicht in die linke Brust. Zum Spaß hatte sie als kleines Kind mehrfach die Mutter mit einer Wasserpistole totgeschossen, und die Mutter hatte sich blitzschnell fallen gelassen, sie hatte sich nicht mehr gerührt, so verzweifelt Alexandra auch zunächst gelacht und sie dann an den Kleidern gezerrt hatte, die Mutter war stumm geblieben, bis das Kind zu heulen anfing, um dann lachend aufzuspringen und das Kind zu trösten. Aber an jenem Sommertag war das Kinderspiel aus: Die Mutter stöhnte leise, und aus ihrem Mund stieg ein scharfer, beißender Geruch.

Raoul war nie wirklich betrunken; es gelang ihm einfach nicht. Ein Rest an Klarheit blieb unbesiegbar in seinem Kopf bestehen, wenn er mit den Mitbewohnern manchmal Whisky trank bis in den frühen Morgen oder in Paris an einem Kunststofftischchen saß in seiner winzigen, unspektakulären Lieblingsbar La Baraka mit Fotos von Billie Holiday an der Wand, wo nur Leute sich aufhielten, die entweder Stammgäste waren, es wurden nach dem ersten Besuch oder nie mehr wiederkamen. Raoul kannte sie alle seit Jahren, die Putzfrau Katie, den ewigen Studenten Michel, die freie Cutterin Danielle, den arbeitslosen Schauspieler Yves, und ihre immer gleichen Dialoge, die sich schnell erschöpften, schenkten ihm eine vage Vorstellung einer Art Heimat. Daß er sie alle jeden Abend hier wußte, schenkte Raouls hektischem Leben eine Kontinuität, die auch in seiner Abwesenheit bestehenblieb und die vielleicht trostlos war, aber immerhin nicht unglaubwürdig. Der Wirt war ein immer noch attraktiver sechzigjähriger Tunesier, der seit über dreißig Jahren jeden Gast mit Handschlag begrüßte, im August wie alle Franzosen vier Wochen Ferien machte und während des Ramadans seine Baraka die ganze Nacht über geöffnet hatte, damit die praktizierenden Moslems unter seinen Gästen, vor allem aber er selbst den folgenden Tag, ohne etwas zu essen, zumeist schlafend überstand. La Baraka war laut verschiedenen Wörterbüchern mit Segen des Himmels, Glücksfall oder gütiger Vorsehung zu übersetzen, die solange ihre Hand schützend über Baschir hielten, bis eines Tages eine junge und atemberaubend schöne Tunesierin die Bar betrat, die Baschir auf den ersten Blick mit seiner Frau verwechselte, die zu Hause in der Banlieue vier Kinder geboren hatte und dabei alt und fett geworden war. Vom übernächsten Tag an saß seine angetraute Ehefrau an einem der Tische, aß Lammfleischbällchen und ließ ihn nicht mehr aus den traurigen Augen.

Die Stammgäste fühlten sich zunehmend unwohl, kamen seltener, fanden in der Nähe eine andere Bar und blieben schließlich aus. Die wenigen Touristen stürzten ein Kronenbourg herunter und gingen gleich wieder. Die Baraka brachte nicht mehr viel ein; Baschir und seine Frau saßen in der Bar herum wie früher, an Feiertagen bloß, zu Hause im Wohnzimmer.

Soll ich einen Arzt rufen? fragte Aleks zögernd und war erleichtert, als Doris endlich die Augen öffnete und abwehrte, um Gottes willen, nein, ich bin bloß ungeschickt hingefallen, in zwei Stunden, du wirst sehen, ist alles vorbei.

Aleks ging automatisch in die Küche, setzte Wasser auf und kochte Spaghetti, das einzige, was sie kochen konnte, deckte den Tisch und stellte den Reibkäse dazu und sagte den Brüdern, die um zwölf lachend und streitend von der Schule nach Hause kamen, sie dürften unter keinen Umständen in den ersten Stock, die Mutter habe starke Kopfschmerzen, deshalb liege sie am Boden, die harte Unterlage helfe ihr offenbar gegen den Schmerz.

Italien ist ein schönes Land, begann Aleks den obligatorischen Schulaufsatz nach den Sommerferien und nagte eine Stunde am Füllfederhalter, bevor sie hastig hinzufügte: Wir haben noch die Familie Schmid getroffen. Ihre Mutter spricht gut Italienisch. Wir sind dann alle im selben Zug nach Hause gefahren. Stephan Schmid ist es schlecht geworden, obwohl es einem im Zug eigentlich nicht schlecht wird, im Gegensatz zum Auto. In den letzten beiden Wochen sind wir zu Hause geblieben und haben im Garten Verstecken gespielt. Das ist eigentlich alles.

In Italien hatte Aleks an ihrem Körper die Ohnmacht des eigenen, kindlichen Denkens erfahren: daß sie niemals im Körper eines Mannes leben würde. Im Poesiealbum der Mutter, das sie damals aus den Trümmern rettete, stand in altdeutscher Schrift ein Spruch, den Doris ihrer elfjährigen Tochter vorgelesen hatte, die plötzlich, von einem Tag auf den anderen, mutlos schien und ständig gereizt. Aleks erinnerte bloß dessen letzte Zeile, die sie abends im Bett leise für sich nachbetete: das eine Wort: Ich will. Cogito, ergo sum kannte sie als Zitat aus dem Mund des Vaters; ich will keine Frau werden, sagte sich Aleks, also werde ich auch keine Frau. Ich will keine Periode kriegen, also kriege ich auch keine. Doch obwohl sie fast nichts mehr essen konnte – beim Anblick bloß von Lebens Mitteln auf dem Küchentisch wurde ihr halb schlecht –, kam in den Sommerferien in Italien eines Morgens aus unsichtbarer Wunde dasjenige Blut, das sie unwiderruflich zur Frau machte, und versaute noch dazu eine neue Matratze des Hotels Tre Stelle, das in der Nähe von Pesaro lag, mit einem wunderbaren Ausblick auf die adriatische Küste. Zuvor hatte Aleks seitenlange Aufsätze geschrieben und dafür gute Zensuren erhalten (wenn auch oft an den Rändern von Wellenlinien und Kommentaren begleitet. Deine Phantasie ist allzu blühend; Reichlich ausgefallen! Da übertreibst Du aber; In der Kürze liegt die Würze!).

Der Deutschlehrer informierte die Eltern über den unerklärlichen Leistungsabfall, den man sich mit der einsetzenden Pubertät zu erklären versuchte.

Nach den darauffolgenden Herbstferien stieg Aleks auf dringendes Anraten des Klassenlehrers jeden Mittwochnachmittag und jeden Samstagmittag nach Schulschluß in den Schnellzug, der von der Kleinen Stadt ohne Halt bis nach Zürich fuhr, um im dortigen Institut für Angewandte Psychologie als »sich selbst gefährdende Jugendliche« ihre Freizeit unter Aufsicht zu verschweigen.

Mit ihren geerbten Händen, die Aleks mit dem Küchenmesser so rostfrei zerschnitten hatte wie ihr tägliches Brot, mit den schlecht vernarbenden Unterarmen, worauf man griechische Buchstaben erahnte, die man hätte lesen können als Nina Hagens Lied: Wenn ich ein Junge wär mit einem Motorrad, das sang zu dieser Zeit jeder weibliche Teenager laut auf einer Bahnhofstraße, saß Aleks im schwarzen Lederfauteuil einem Psychologen gegenüber und schwieg; das war ihr gekauftes Recht.

Zieh dir wenigstens einen langärmligen Pullover darüber, sagte Doris Heinrich so hilflos sanft; bitte! ich bitte dich nur darum, hörst du?, daß es beinahe weh getan hätte in Aleks' Kopf hinter den pochenden Schläfen, wie das hysterisch spitze ii ihres eigenen, wohl zehntausendfach wiederholten Kinderschreis es tat – Mamii, komm! rief Aleks, komm jetzt sofort zu mir, wenn sie ihre einzigen schwarzen Socken nicht fand oder eine Wespe in ihrem Zimmer auf einem Schinkenbrot hockte, das Aleks mit nach oben genommen hatte, um es später unauffällig wegzuwerfen. Aleks nannte ihre Mutter noch immer so, Mami, als hätte sie eben erst sprechen gelernt. Zeig dich nur ja nicht deinem Vater mit diesen furchtbaren Armen, sagte Doris, und komm über die Mittagszeit nach Hause, bevor dein Lieblingsessen mir unter den Händen verschimmelt, dann zweige ich dir von meinem Haushaltsgeld einen Psychologen ab.

Der schmalgoldene Ehering fiel Doris oft beinahe vom Finger und mußte gelegentlich verengt werden.

Heinrich war gegen die Psychologie, die man selbst bezahlen mußte, und überhaupt war er dagegen, daß seine Tochter so etwas nötig hatte.

Später schloß die Mutter sich stundenlang in der Küche ein oder im Schlafzimmer. Tagelang zeigte sie den hohen Wänden des Einfamilienhauses ihr verweintes Gesicht; im Wohnzimmer schaute ein brauner Hase ihr in die verquollenen Augen und sie ihm. Albrecht Dürer hatte ihn für sie gezeichnet. Wenn die halbwüchsigen Kinder und der Ehemann nach Hause kamen, war es meistens schon dunkel. Die Haushaltshilfe hatte gekocht, und die Mutter lag oben im Bett; daß sie sich schlafend stellte, war so überflüssig wie die jährlichen Entziehungskuren, die wechselnde Ärzte in wechselnden Kliniken an ihr vornahmen mit immer neuen erfolgversprechenden Methoden.

Solange Aleks sich erinnern konnte, stand derselbe, unpraktisch viereckige, mit einer grauen Kunststoffschicht überzogene Tisch auf seinen vier Stahlrohrbeinen in der Küche und nahm so offensichtlich alle Häßlichkeit der Welt auf sich, daß die fünfzehnjährige Aleks heimlich über seine glatte Oberfläche strich und sich dabei wünschte, er nähme auch die verhaßte Haut ihres verhaßten Gesichts noch dazu.

Sie können über Ihre Stunde frei verfügen,

sagte im Institut für Angewandte Psychologie Dr. Huber, der immer einen hellbraunen oder einen dunkelgrünen Plüschpullover trug. Er verschränkte die Hände hinter seinem Kopf und lehnte sich zurück. Vielleicht fühlten seine Haare sich fettig an, sie sahen zumindest so aus, und er mußte, da Aleks nur stumm vor sich hinstarrte, an seine stets aufgeschobenen Besorgungen denken, an eine elektrische Küchenmaschine, die alle Lebensmittel mundgerecht zerkleinern würde für seine alte Mutter, die in einem Vorort von München wohnte und deren Finger von der Gicht verknotet waren und verkrümmt. Viel lieber als von sich selbst zu schweigen, hätte Aleks von dieser Mutter gesprochen oder von der abgebrochenen Karriere des Psychologen als Schauspieler oder vom Wetter.

Denn woran Aleks in jeder zum Denken freien Minute denken mußte, war unsagbar lächerlich: Ihr halber Kinderkörper sprach beschämend deutlich von seiner Zukunft, die vergärenden Flüssigkeiten der zu Ende gehenden Kindheit traten aus dem Gewebe, gingen über ins Blut, durchbrachen die Epidermis, was ein völlig normaler Vorgang war, der an zehntausend Gleichaltrigen sich vollzog. Aleks stand im Badezimmer und weinte einmal mehr vor dem

Spiegel. Später schrie sie ihre Mutter an (ihr Vater war zu dieser Zeit aus nie geklärten Gründen abwesend, offiziell befand er sich zur Weiterbildung in Amerika, von wo aus er keinen einzigen Brief schickte, zumindest war er nicht da): Alle Menschen, die eine Veranlagung zu Acne vulgaris vererben könnten, müßten sich an die eigene Qual doch erinnern und dürften deshalb niemals Kinder zeugen, nie, man sollte es staatlich verbieten lassen. Die Mutter rannte erschrocken in die Apotheke, ließ sich beraten und kaufte für Aleks dreiundzwanzig Tuben Clearasil, die ihr nicht halfen. Alle zwei Wochen drückte Doris Heinrich ihrer Tochter nach einem Kamillendampfbad die Mitesser auf der Nase aus und desinfizierte die gereinigten Poren mit Mercurochrom, dessen rote Färbung noch tagelang auf der Haut sichtbar blieb. Aleks stellte sich krank, erfand alle nur denkbaren Ausreden, ließ sich faul, träge und unnütz schimpfen, nur um nicht mit diesem Gesicht auf die Straße zu müssen. Sich zu überschminken hatte Aleks sich verboten. In der Kleinen Stadt und überhaupt schminkten sich nur schöne Frauen, die es eigentlich nicht nötig hätten. Doris zum Beispiel schminkte sich nie. Hätte Aleks sich künstlich verschönert, könnte jedermann denken, dachte Aleks, sie fände sich selber schön oder sie wolle, ihren äußeren Makel vertuschend, der den inneren bloß spiegelte, ihre Mitmenschen täuschen. Zwei Jahre später vielleicht, kaum daß die heftigsten Schübe verebbten, zeigten die Nachbarinnen sich besorgt. Hat eure Tochter keine Zurückhaltung an den aufgeworfenen Lippen, sagten sie, ihre geerbten Handlinien legen eine verantwortungslose Fruchtbarkeit bloß; sie sieht aus, als knutsche sie demnächst jeden treuen Ehemann ab, besorgt ihr doch wenigstens die Pille, sonst geschieht noch ein Unglück. Eine Irisdiagnose offenbarte Aleks' fragile Nieren und den Hang zur sentimental falschen Erinnerung an eine schmerzlose und asexuelle Kindheit. Für sechzig Franken pro fünfzig Minuten, man gewährte der Schülerin einen Spezialtarif, erkaufte sich Aleks im Institut für Angewandte Psychologie weiterhin ihr eigenes Schweigen.

An den Samstagabenden lief sie regelmäßig allein dem Fluß entlang durch das dunkle Aarewäldchen, wo alle paar Monate eine Frau von einem unbekannten, ausländisch aussehenden Mann vergewaltigt wurde; so stand es jeweils im städtischen Tagblatt. Daran dachte Aleks, ohne genau zu wissen, was sie sich unter einer Vergewaltigung vorzustellen hatte oder unter dem Wort Geschlechtsverkehr. Ihre Mitschülerinnen tanzten in einer Jugenddisko mit ihren Mitschülern, und Aleks hatte währenddessen die kleine, kalkweiße Kirche von Kirchberg vor Augen, die, links auf einer Anhöhe gelegen, mit Scheinwerfern von unten her angestrahlt wurde und ihr so den Weg wies. Im Pfarrhaus nebenan schrieb Hermann Burger seine Kirchberger Idyllen, und auf dem zugehörigen Friedhof, dem schönsten der Region, lag ein Schüler der Parallelklasse; er hatte sich verbrannt. Aleks erinnerte kaum sein Gesicht, sie hatte nie mit ihm gesprochen, doch sie liebte ihn. Jetzt, wo er tot war, schrieb sie ihm Briefe, die sie nachts neben sein Grab legte. Sie hätte ihn geliebt. Auch Toulouse-Lautrec hätte sie liebend gern geliebt, für ihn wäre sie hundert Jahre früher als Kind armer Eltern in Paris zur Welt gekommen und eine Hure geworden; auch Toulouse-Lautrec hatte einen Defekt, er hinkte, durch zweimaligen Beinbruch war er zum Krüppel geworden. Dachte Aleks auf dem Waldweg der stummen Aare entlang zurück in die Kleine Stadt an Finazzi, der ahnungslos im Schulzimmer neben ihr saß mit klarem Gesicht und braunen Locken, der unbeliebt war, nach altem Schweiß roch und die geflickten Hemden seines Arbeitervaters trug, dachte sie stets an einen Verkehrsunfall. Finazzi wußte als einziger eine Antwort auf die Lehrerfrage: Wie stark ist eine Kette? (so stark wie ihr schwächstes Glied); später wurde er Astrophysiker, bekam ein aufgedunsenes Gesicht und lebte, wie er zu Aleks 1995 an einer Klassenzusammenkunft sagte, als Oberassistent und überzeugter Junggeselle in einer Einzimmerwohnung mit Kochnische und einem schreiend blauen Spannteppich in der Zimmerlistraße von Zürich. An jener Klassenzusammenkunft waren sie alle dreißig, und Aleks sah sich um diese dreißig Jahre zurückversetzt in einen sattsam bekannten Familienfilm aus den sechziger Jahren; die Frauen waren verheiratet, eine schöner als die andere, und sie kümmerten sich ausnahmslos um ein oder zwei kleine Kinder, während die Herren hauptsächlich als Broker arbeiteten, bereits an Gewicht zugelegt hatten, Rolexuhren trugen und noch keine Kinder hatten oder allenfalls eine schwangere Frau, die sie in ihren BMWs herumkutschierten. Von einem roten Ferrari überfahren, verschied Aleks noch auf der Unfallstelle. Ihr halber Kinderkörper war zerstört, unkenntlich die kleinen Brüste, das sehnsüchtig nutzlose Geschlecht war ausgelöscht, nur das Gesicht blieb erhalten, strahlend rein und schön. So lag Aleks auf der stark befahrenen Bahnhofstraße der Kleinen Stadt, und ihr ausströmendes Blut schrieb für jede und jeden lesbar VIKTOR, den Vornamen des imaginären Geliebten Finazzi. Wieder zurück in der Stadt, ließ sie sich auf der Straße von drei unbekannten mittelalten Männern mit Halbglatze ansprechen, folgte ihnen in die nahe Bar, ließ sich ein Bier bezahlen und stieg später mit ihnen ins Auto, nannte dort ihren Namen und erhielt dafür die ersten Zungenküsse ihres Lebens. Um nicht vergewaltigt zu werden, riß sie in letzter Minute die Autotür auf und rannte zum katholischen Jugendhaus, wo sie den Abend mit lebhaften Diskussionen verbracht hatte und Minuten später verabredungsgemäß von der Mutter abgeholt wurde, die sie nur ansah. Ihr Gesicht glühte vor Scham, Verletzung und uneingestandener Lust.

Das Geld für den Psychologen verdiente sie, Schulhäuser putzend, in den Schulferien, froh um die klare Aufgabe, die ihr keine Wörter abverlangte, ihr Schutz bot gegen eine feindliche Welt, die draußen vor den Schulhaustüren lag, leichthin die sich stellenden Fragen beantwortend: Die Fenster putze man mit Fensterputzmittel, die Böden reinige man mit Allzweckreiniger, in Kloschüsseln lasse man Urinsteinlöser minutenlang einwirken. Manche, die sich mit dem Schulhausputzen ihre ersten elternlosen Ferien verdienten, erzählten einander lachend von ihren Müttern, die die Landkarten noch unentdeckter Kontinente auf ihren Beinen unter langen Röcken verheimlichten.

An einem Montagmorgen im Mai nach den Ferien betrat Aleks wie all die Jahre zuvor das Klassenzimmer. Ihr Platz war besetzt, die Mitschüler schienen ihr ein wenig fremder. Sie dachte an einen belanglosen Irrtum, setzte sich woandershin, nahm eine Tablette gegen die Kopfschmerzen, schlief ein. Sie erwachte nackt und sah an sich herunter, da saß ein ausgewachsenes Tier auf dem Stuhl, mit dem Körper einer Frau als chronischer Krankheit, lebenslänglich, unheilbar, banal. Man schickte sie nach Hause, sie habe vor den Ferien die Schule erfolgreich mit der Matura abgeschlossen, sie sei bald zwanzig Jahre alt, erwachsen.

Zehn Monate später stand sie vor dem offenen Schallschutzfenster an der lärmigsten, dreckigsten Straße von Zürich, hielt im linken Arm Oliver, das erste Kind, und winkte mit der rechten Hand Philipp Meyer zu, den sie bei einem Theaterworkshop wie aus Versehen kennen- und liebengelernt hatte und der seither, wie jeden Morgen, pünktlich um halb acht das Haus verließ, um Informatik zu studieren.

Ein einziges Mal noch verwandelte sich Aleks in einen Mann. Sie besuchte im Winter 1997, mit einem langen schwarzen Mantel bekleidet, den jüdischen Friedhof in Prag, um dort vielleicht Hana Pospisil zu finden, und kaum hatte sie den Friedhof betreten, stürzte ein Mann aus dem kleinen Häuschen beim Eingang und sagte: Men have to wear this; und er drückte ihr eine Kipa in die Hand, die Aleks leicht verwundert sich auf den Kopf setzte. Hanas Grab fand sie nicht.

8
Himmel und Hölle

Das dritte Kind entpuppte sich später im Ultraschallbild nicht als eine jener asymmetrischen Doppelbildungen, die Aleks eines Nachmittags zufällig fand, in einem Lehrbuch für Studierende und Ärzte, das Pathologische Anatomie hieß, herausgegeben von L. Aschoff im Verlag von Gustav Fischer, Jena 1911. Am frühen Morgen hatte sie Raoul den Schwangerschaftstest gezeigt, den dünnen blauen Strich im weißen Feld, der im Prospekt ein lebendiges Kind versprach, mit Raouls glänzenden roten Haaren vielleicht, und er konnte sein gewöhnliches wunderbares Glück kaum glauben, daß er Vater wurde, einen wimmernden Sohn oder eine wimmernde Tochter in den Armen halten würde am siebten März 1996. Im Ersten Band, der den Allgemeinen Teil umfaßte, befand sich auf der Seite 334 im Kapitel Mißbildungen die Figur 173.

Auf dieser Radierung war ein vollständig ausgebildeter nackter Knabe zu sehen mit angewinkelten Beinen, die das Geschlecht verdeckten. Den Kopf auf ein Kissen gebettet, sah er andächtig und mit vor der Brust gefalteten Händen, klaglos und mit offenen Augen zu seinem Schöpfer auf. An seinem Hinterkopf war, um neunzig Grad verdreht, mit Blickrichtung zum Betrachter, ein halsloses zweites Gesicht angewachsen, das mit dem ersten vollkommen identisch schien, und Aleks erschrak, als sehe sie durch ein Fenster in ihren eigenen Bauch, auf das winzige Kind. Zu diesem Bild waren die folgenden Erläuterungen zu lesen: Craniopagus parasiticus. Nach Home. Das Kind, das hier abgebildet ist, lebte bis zu seinem zweiten Jahre. Die Lebensäußerungen des Parasiten (reduzierter Individualteil) waren gering und standen mindestens zum Teil in Abhängigkeit von denen des Autositen (ausgebildeter Individualteil). Beim Schreien des Autositen verzog sich auch das Gesicht des Parasiten.

Brauchst du die goldene Schale, sagte Heinrich untrüglich jedes Mal, wenn Alexandra weinte über sich selbst. Sie hatte auf einer der zahllosen Familienwanderungen Res' neues rotes Feuerwehrauto, in Olten auf einer überdachten Holzbrücke stehend, ihre Augen folgten dem Fluß, unabsichtlich ins Wasser fallen lassen und weinte nun, weil Res sie zu unrecht beschuldigte, es vorsätzlich getan zu haben. Heinrich sah sich die beiden weinenden Kinder an und erzählte ihnen einmal mehr die Geschichte vom römischen Kaiser Nero. Herzzerreißend betroffen von der eigenen Grausamkeit, habe er in eine eigens dafür hergestellte goldene Schale geweint und seine so gesammelten Tränen in den kostbarsten Krügen aufbewahrt, bevor er eines Tages die Stadt Rom anzündete, und Alexandra sah sich selbst die Holzbrücke anzünden, auf der sie immer noch standen und die krachend jetzt einstürzte. Du bist und bleibst eben eine kleine Heulsuse, sagte der Vater, und er hatte recht behalten, während Aleks Raoul nie hatte weinen hören, bis er am dreizehnten November 1995 nach einem langen Drehtag aus Kanada anrief und sagte, bevor Aleks noch schreien konnte oder ihm sagen, etwas Furchtbares ist geschehen: Strampelt unsere Tochter heute wieder so wild in deinem Bauch wie vorgestern früh.

Ich glaube eigentlich nicht, daß es diesem Kind sehr gut geht, sagte am dreizehnten November 1995 morgens um zehn nach zu langer Stille die Ärztin, deren Sodbrennen sich verstärkte oder nahm sie es nur stärker wahr. Ein paar Kilo weniger würden dir gut stehen, hatte ihr zweiter Ehemann gesagt, er hieß Martin, sie nannte ihn Tino oder manchmal auch Schatz, als sie an diesem Morgen aus Versehen nackt unter der Neonröhre in der Küche stand, vor allem an den Oberschenkeln. Die schwangere Frau auf dem Schragen war halbjung, und ihre Oberschenkel waren noch genauso schmal, wie sie sein mußten, nur mit dem Kind stimmte etwas nicht. Das Herz schlug viel zu langsam und unregelmäßig. Normalerweise schlief Martin länger als sie und ihre halbwüchsige Tochter; könnten Sie bitte kurz den Atem anhalten, sagte sie zur Patientin, damit ich das Kind besser sehen kann. Das Sodbrennen kam vom Kaffee, den sie heute morgen schwarz getrunken hatte wegen der Kalorien. Danach strich sie ihrer Tochter die Butter aufs Brot, die dafür eigentlich längst schon zu groß war. Du behandelst sie wie ein kleines Kind, sagte Martin oft, wie soll sie da erwachsen werden und selbständig.

Stimmt die Größe nicht oder die Bewegungen oder die Herztöne; Aleks zählte mit geschlossenen Augen die ihr bekannten fötalen Entwicklungsparameter auf. An der Wand über dem Bildschirm des Ultraschallgeräts hing ein Bild, das Aleks inzwischen auswendig kannte, Sun in an empty room, und sein Anblick brachte in ihrem Kopf jedesmal die Zeit zum Einsturz; das Nachmittagslicht fiel weich in ihr Kinderzimmer, als sie zum ersten Mal mit einem Jungen im Bett lag, er hieß Frank und hatte ein fliehendes Kinn. Das Kontaktgel auf dem Bauch der Patientin ermöglichte es, die Agonie des dreiundzwanzig Wochen alten Fötus live auf den Bildschirm zu übertragen, und die Ärztin stand daneben und registrierte hilflos die länger werdenden Pausen zwischen den Herzschlägen, die letzten diffusen Gesten des ungefähr dreißig Zentimeter langen Kindes im Fruchtwasser, sie sah zu, wie sein kleines Herz (zum vorletzten Mal) schlug (und Sekunden später zum letzten Mal), während Aleks sich an ihren ersten halben Geliebten erinnerte, dessen Sperma nach dem geglückten Coitus interruptus an derselben Stelle lag und sich ähnlich anfühlte wie jetzt dieses schlabbrig kalte, eisblaue Gel. Aleks dachte an seine langen Knochen, an den schlaksigen Körper und an seinen kleinen Defekt; er besaß nur einen Hoden. Dafür, sagte Frank, ist es doppelt so schön. Nach den Herbstferien wollten sie zum ersten Mal richtig miteinander schlafen, und Aleks kaufte sich gegen die zunehmende Kälte ein PLO-Tuch, das Mode war, ging zum Arzt und ließ sich die Pille verschreiben. Frank fuhr mit seiner Familie nach Israel, und als er zurückkam, küßte er sie nicht. Statt dessen sagte er, ich kann nicht mehr mit dir zusammensein; es geht einfach nicht; es geht nicht; es hat keinen Sinn, es dir zu erklären, du würdest es nicht verstehen; und Aleks verstand es nicht. Drei Monate lang waren sie unzertrennlich gewesen. Jeden Tag trafen sie sich nach der Schule, legten sich am Ufer der Aare aufeinander und küßten sich, bis die Münder bluteten. Sie wußte, daß Frank aus einer jüdischen Familie kam, was er ebenso beiläufig erwähnt hatte wie Aleks den Tick ihres Vaters, auf jede schwierige Lebenslage ein lateinisches Sprichwort anzuwenden – die Größe ist normal, sagte die Ärztin, es tut mir leid, aber ich muß Sie ins Krankenhaus überweisen, dort wird man die Geburt einleiten. Ich sehe keine Lebenszeichen mehr, man nennt das missed abortion, wenn die tote Frucht in der Gebärmutter drinbleibt, und Aleks, die Handinnenflächen an die Ohrmuscheln gepreßt, hörte jemanden schreien.

In Paris hatten Aleks und Raoul einige Wochen zuvor denselben Schrei gehört. Sie waren mit Plastiktüten beladen, mit modischen Umstandskleidern und französischen Büchern über Schwangerschaft und Geburt, als sie an einer halboffenen Telefonzelle vorbeikamen, worin eine junge Frau stand, die den Hörer ans Ohr hielt, sich krümmte und schrie. Von ihrer Umgebung losgelöst, aus der Zeit gehoben, schrie sie sich mit jeder Faser ihres Körpers ihren Schmerz aus dem Leib, als erlitte sie alle

Schmerzen auf einmal, eigene und fremde, die vergessenen und die, von denen sie noch nichts wußte. Aleks hatte nie einen solchen Schrei gehört, der die Frau gepackt hatte und sie schüttelte wie ein entsetzliches Gelächter. So schreit nur jemand, der soeben verlassen worden ist, sagte Raoul, als hörte er zum ersten Mal Andrea, die weggezogen war nach London. Oder jemand ist gestorben, sagte Aleks, den sie liebte, und sie hielt die rechte Hand auf den Bauch, wo sie die ersten Kindsbewegungen spürte, eine kleine runde Reibung an der Innenwand der Gebärmutter. Raoul blickte sich noch einmal um, und plötzlich erkannte er die Frau: Es war Samia, die sich ebensosehr in Bashir verliebt hatte wie er sich in sie.

Aleks rannte, bevor die Ärztin noch etwas Weiteres sagen konnte, aus der Praxis, stellte sich mit dem riesigen, toten Kind in ihrem Bauch auf die Straßenbahnschienen des Goldbrunnenplatzes und machte die Augen zu. Es war vollkommen still.

Die Schläfen pochten nicht, und das Blut in den Adern gefror.

Nach einiger Zeit stellte Aleks fest, daß sie offenbar nicht überfahren worden war. Jemand mußte sie rechtzeitig von der Straße weggezerrt haben, sie stand auf einer Verkehrsinsel, und jemand anderer redete heftig gestikulierend auf sie ein in der melodiösen Sprache der Eingeborenen, die Aleks nicht verstand.

Raoul, fiel ihr ein, war ohne Telefonnummer in Kanada unterwegs. In Kanada sprach man französisch, oder nicht? Gab es nicht dort diesen ewigen Streit zwischen den beiden Sprachen, Englisch und Französisch? Sie mußte Raoul unbedingt fragen, wenn er zurückkam, das durfte sie nicht vergessen. Eine Straßenbahn hielt, und die Tür ging auf. Zuerst stiegen Leute aus, dann stiegen Leute ein und Aleks mit ihnen. Die Straßenbahn fuhr durch die Stadt, hielt an und fuhr weiter. Am Hauptbahnhof stiegen die meisten Leute aus, und Aleks folgte ihnen, dem unendlichen Sog, blieb stehen auf Rolltreppen, bewegte Beine und Füße, wo nötig, bis sie irgendwann in der Mitte der Bahnhofshalle ankam, unter der großen Tafel, die die nächsten Abfahrten anzeigte, und dort stehenblieb für den Rest ihres Lebens. Sie stand vollkommen ruhig im Auge des Taifuns, der die Menschen um sie herum in alle Richtungen warf, und im Herzen der Welt. Die Schweiz war in den Atlanten das Herz von Europa, Zürich das heimliche Herz der Schweiz, das seine virtuellen Börsengewinne mit jedem Schlag in die Peripherie pumpte, und der Hauptbahnhof war das Herzinnere der Stadt, von dem alle menschliche Bewegung ausging. Sie war ein Exemplar der Spezies Mensch, und Menschen trugen Reebok-T-Shirts mit der Aufschrift Save Ruanda, sie hielten japanisch aussehende Kinder an den Händen, sie sagten eine zur anderen, euch ist es doch auch recht, sie trugen zu zweit eine Reisetasche aus reißfestem Nylon, sie stiegen in den Zug nach Bülach, sie hielten sich die Hand vor den Mund, sie waren schwanger, sie trugen Sonnenbrillen, sie kauften an Kiosken Marlboro Lights, sie rauchten Zigarren, sie hatten die Haare aufgetürmt, sie hatten jüdische Mütter und wußten es nicht, sie trugen die Kipa und zogen Reisetaschen hinter sich her, sie aßen Sandwiches mit Bündnerfleisch, sie waren heute zufrieden oder bekamen übermorgen ihr Geld zurück. Sie waren schwanger und verloren ihre Kinder, sie waren Raouls vergessene Mutter Ingeborg Lieben, die sich unter dem so bezeichneten Treffpunkt gleichmäßig atmend an eine tragende Säule der Bahnhofshalle lehnten und von Zeit zu Zeit auf ihre winzigen goldenen Armbanduhren sahen. Ingeborg Lieben schien mit keinem Menschen je zu sprechen, doch fast jeder Stadtbewohner nickte wissend, wenn ein anderer Stadtbewohner im Nebensatz die Alte vom Hauptbahnhof erwähnte, jede auch nur unregelmäßig Reisende erinnerte sich auf Anfrage genau an diese Frau mit den langen, exakt symmetrisch gescheitelten weißen Haaren, die fast ununterbrochen vor sich hin, auswendig und sekundengenau, die Minuten mitzählte, jede und jeder erzählte bei Gelegenheit den halbwüchsigen Kindern von ihr, die wiederum nickten und sich lachend erinnerten: Man sehe sie jedes Jahr anläßlich der Schulreise –

(Als sie eines Tages starb, oder vielleicht hatte ein Nachtzug ihren überlebenden Körper endlich doch noch in die Kindheit zurückgefahren, wo sie im Kopf längst schon angekommen war, 1930 in Wien spielte sie Himmel und Hölle auf der Straße, beschwerten sich manche Reisenden bei der Bahnhofsaufsicht über einen Verlust, den genauer zu bezeichnen ihnen leider unmöglich war: Es fehlte einfach etwas Weißes, eine weißgetünchte leere Fläche in ihrem alltäglichen Blickfeld.)

Das Kind hatte, als es im Zwischengeschoß in einer öffentlichen Toilette der Firma McClean zur Welt kam, die Nabelschnur dreimal um den Hals gewickelt, als hätte es sich erhängt. Später trug sie das Kind ins Krankenhaus und ließ es untersuchen; es war bis zu seinem Tod vollkommen gesund.

Am siebten März 1996 warteten ein Dutzend

Öltanker vor der Küste von Khorfakkan auf die nächste Ladung. Raoul und Aleks waren nach Dubai geflogen und mit dem Bus ans Ufer des Indischen Ozeans gefahren, wo sie den ganzen Tag in der Sonne lagen und aufs Meer hinaussahen. Abends froren sie einzeln in den riesigen Betten des Hotel Oceanic und hatten dazu die BBC World News vor Augen, die den siebten März anzeigten; an diesem Tag wäre das Kind vielleicht zur Welt gekommen. In ihrer alten Agenda fand Aleks den grünen Post-it-Zettel mit der runden weichen Schrift ihrer Gynäkologin, worauf sie vor neun Monaten geschrieben hatte, was Aleks in der Schwangerschaft brauchen würde: Weleda Aufbaukalk für die Knochen und Floradix-Saft für den erhöhten Eisenbedarf, Vitamintabletten und Magnesiocard. Die Klimaanlage war zu kalt eingestellt, und die Sommerkleider, die sie tagsüber trugen, blieben feucht vom Salzwasser. Die Straßen waren überflutet seit dem Unwetter vor einer Woche, an Versickerungseinrichtungen hatte man beim Bau nicht gedacht, oder man hatte sie in diesem Klima für überflüssig gehalten. Die Autos schwammen mit den Bäuchen nach oben und stanken nicht einmal nach Fisch. Brach an einer Stelle der Asphalt ein, baute man die Küstenstraße nebenan weiter. In Dubai wurden die

Hochhäuser der Stadt nach zwanzig Jahren Lebensdauer mittels einer Stahlkugel zertrümmert, die wiederholt gegen das Haus geschlagen wurde, bis es in sich zusammenfiel.

Doris Heinrich lag am siebzehnten Juni 1995 im Superweich-Bett, dessen Bezeichnung anstelle des dort vorgesehenen Patientennamens im Blechrahmen steckte, zu dem Aleks in fast rhythmischen Abständen aufblickte, weil es kaum andere Wörter gab im Raum; Argus hießen die Maschinen, die die richtige Dosierung der Infusionen überwachten, auf dem Toilettentisch standen Fläschchen mit Speichelersatz oder mit fiebersenkender Duftöl-Mischung. Zahlen waren die Bedeutungsträger, an die man sich zu halten hatte, die Blutwerte, die Urinmenge im Vergleich zur Glukoselösung, zu den verabreichten Antibiotika und anderen Infusionen. Die Zeit: Geben wir ihr noch vierundzwanzig Stunden eine Chance, sagte der Chefarzt, als Heinrich, Aleks, Thomas und Andreas alle gemeinsam den alten Wunsch der Patientin äußerten, zu Hause zu sterben.

Doris Heinrich war völlig unerwartet kurz vor Mitternacht in ein toxisches Leberkoma gefallen, sie mußte verschiedenste Tabletten genommen haben, von denen die Ärzte in der psychiatrischen Klinik Königsfelden nichts wußten, und man hatte sie mit Blaulicht ins Kantonsspital der Kleinen Stadt gebracht, wo sie vierundzwanzig Stunden lang auf der Intensivstation lag und bis zu ihrem leisen Tod nicht mehr aufwachte, den sie sich aufsparte für den kurzen Moment, wo alle erschöpft das Krankenzimmer verließen.

9
No sex last night

Als am sechzehnten Juni 1995 der verregnete Freitagnachmittag langsam seinen lauen Sommerabend fand, stellte Aleks den Champagner kalt, wusch zwei Maschinen Kinderkleider, deckte den Tisch, fand in einem der Teller ihr erstes graues Haar, begleitete Lucas und Oliver auf dem kurzen Weg durch das verkehrsberuhigte Quartier zu ihrem Vater Philipp Frater und zog später ein kurzes schwarzes Kleid an, das ihr Verlangen verstärkte nach Raoul, der von weit her auf sie zukam, den ganzen Tag über saß er im Schneideraum, und ihr wortlos nur den Slip auszog und ohne sie zuvor noch umständlich zu küssen. Nie hatte Frau Wenger sich über Liebesschreie beklagt, immer nur sprach sie von Aleks' Schuhen, die ihr auf der Seele herumtrampelten. Das einheitsgrüne kleine Haus am südlichen Stadtrand, fast unsichtbar eingebettet in identische Nachbarhäuser, hatten Louna und Philipp unbesehen schnell gemietet, im Hinblick bloß auf Philipps kinderreiche Vergangenheit und in der fast selbstverständlichen

Annahme einer ebensolchen Zukunft. Seit Wochen schon trank Louna Frater keine Kuhmilch mehr, die laut Hausarzt für ihre sommers wie winters geschwollenen Schleimhäute verantwortlich war. Ein Liter Schafsmilch kostete acht Franken im Quartier- und Delikatessenladen von Ali und Doris Farhat, die gemeinsam und gleichberechtigt erschöpft den Laden führten und daneben ebenso gleichberechtigt wie erschöpft ihre beiden Vorschulkinder aufzogen, die ausgesprochen höflich waren und deren halbdunkle Haut wie hergestellt schien für Passanten, die stehenblieben, einfältige Silben lallten, die Kinder auf die Wangen tätschelten oder sie abküßten.

Aber für halbwegs trinkbaren Wein zahlt man ebensoviel oder mehr, sagte Philipp Frater, kaum war er von der Arbeit nach Hause gekommen, zu Louna und ließ betont behutsam die Haustür, das ganze Gewicht des Hauses wieder hinter sich zurück, um Schafsmilch einzukaufen, biologisches Vollkornbrot und Freilandeier für dessen Bewohner. Nach fünfzehn Jahren Staatenlosigkeit hatte Ali, in Zefat als Palästinenser auf israelischem Territorium geboren, vor kurzem erst den Schweizer Paß erhalten. Den Laden konnten sie nur äußerst knapp halten; daß Ali ohne Beanstandung der Kunden das

Papier auch beim Parmaschinken zu neun Franken pro hundert Gramm mitwog, verführte ihn bloß täglich zur Hoffnung auf weitere Kunden, die Parmaschinken kaufen würden, wie Aleks es heute getan hatte, zur Feier ihres dreißigsten Geburtstages.

Als Raoul die Wohnung betrat, erreichte die Informationssendung des nationalen Fernsehens einen beglaubigten Zuschaueranteil von 28 Prozent, und Raoul und Aleks, am Fenster zur Paradiesstraße hin stehend, zementierten wenig später ihre körperliche Liebe, wie zur gleichen Zeit zehntausend andere Bewohner dieser Stadt, den Staub vom Glastisch wischend, Farbfotos aus dem letzten Urlaub einklebend, ihren ehrlich erworbenen Besitz. Aleks und Raoul traten, unsichtbar unter den Kleidern ineinander verhakt, auf den Balkon und sahen in die Nacht, auf die blickdichten Schlafzimmervorhänge fremder Wohnungen; es erregte sie die Vorstellung, daß Fremde, ohne es zu ahnen, ihnen beim Liebesakt zusahen, auf der gegenüberliegenden Straßenseite wartete jemand auf den Bus und sah auf die Uhr, es war zehn Uhr fünfzehn; zu sagen gab es nichts, die beiden Körper sprachen für sich und zeugten ein Kind, das namenlos starb und vor seiner Geburt.

Aleks hatte währenddessen jene Reise quer

durch Amerika im Kopf, die Sophie Calle und Greg Shephard, ohne einander zu kennen, gemeinsam unternommen hatten, als künstlerisches Experiment. Beide hatten sie, während sie in einem reparaturbedürftigen Auto von New York nach San Francisco fuhren, nebeneinanderher, jeder für sich, ein filmisches Tagebuch geführt, und später aus der zweifachen, zwielichtigen Interpretation derselben Geschehnisse gemeinsam eine Art Dokumentarfilm hergestellt. Während Greg Shephard kein Wort darüber verlor, sagte Sophie Calle vierzehn Tage lang jeden Morgen: no sex last night ins Mikrophon. Sophie Calle und Greg Shephard hatten dann, wohl um das erschöpfend tierische gegenseitige Sich-Auflauern menschlich, human zu beenden, am achtzehnten Januar 1992 auf der Straße 604 in Las Vegas geheiratet. Zu diesem Zweck saßen die beiden Enddreißiger in ihrem schrottreifen Cadillac mit heruntergelassenem Verdeck. Eine Beamtin schrie rasend schnell ihre uralten Fragen aus dem 24 hr drive up wedding window, und Sophie Calle und Greg Shephard formten ihre rissigen Hände zum Megaphon und brüllten ihr Jawort, den heftigen nevadischen Wind übertönend, durchs offene Heiratsfenster ins unsichtbare Innere der little white chapel hinein.

Woran denkst du? fragte endlich Raoul, sie

saßen einander gegenüber und tranken teuren süßen Champagner aus dem Quartierladen. Ich möchte dich heiraten, sagte Aleks, jetzt auf der Stelle sofort, und Raoul zog eine kleine Schachtel aus der Innentasche seines abgenutzten Jacketts. Raouls und Aleks' Kleider alterten schnell, beide waren sie auf verschiedene Weise nachlässig im Umgang mit Dingen, in ihren Kühlschränken verwelkten Salate, an Raouls Hemden sprangen die Knöpfe ab, wenn er sie zum ersten Mal trug, Aleks ärgerte sich zehnmal über Kaffeeflecken auf dem Küchenboden, bevor sie die Energie aufbrachte, mit dem Putzlappen darüberzufahren, den sie längst in der Hand hielt.

Es stellte sich heraus, daß der bloße Gedanke an seinen rechtmäßig erworbenen Besitz: Das ist meine Frau, diesen Greg Shephard völlig verwandelte: Sein Verlangen folgte automatisch auf jene vier Wörter, und diesen Automatismus seiner Lust benutzte Greg Shephard in den folgenden Wochen, sie hatten die Reise nach der Hochzeit verlängert, wie es dem filmischen Protokoll zu entnehmen war, in jeder einzelnen Nacht.

In Aleks' Hand lag eine wunderschöne Herrenuhr mit einfachen klaren Linien.

Sie ist genauso alt wie du, sagte Raoul, und mindestens noch einmal so alt wird sie werden, hat mir der Uhrmacher versichert, noch einmal dein ganzes bisheriges Leben, länger wahrscheinlich, als unsere Ehe halten würde, die ich nicht eingehen kann. Wenn wir zum dreißigsten Geburtstag unserer Tochter uns treffen, lebst du längst mit einem anderen Mann zusammen, in den USA zum Beispiel mit einem aufgedunsenen Astrophysiker, und jeder Blick auf die Uhr an deinem gealterten Handgelenk wird dich ein wenig an mich erinnern.

Sentimentaler Bullshit, sagte Aleks, und unterstell mir bloß nicht deine eigenen Phantasien, du triffst eines Tages in der Straßenbahn irgendeine konvertierte asiatische Jüdin und heiratest sie drei Wochen später. Und wenn wir ein Kind haben, dann müßte es ganz einfach bei dir wohnen.

Wieso, wie stellst du dir das vor, ich muß doch arbeiten.

Und was, glaubst du, tue ich? Hast du noch nie etwas von einer Kinderkrippe gehört.

Und was ist mit dem Stillen.

Dafür gibt es doch fertige Babynahrung, sagte Aleks.

Du bist unmöglich.

Du auch.

Mein Gott, ich liebe dich, du Blödmann, sagte Aleks und wiederholte, ohne zu wissen, warum, den Satz, den sie an diesem Morgen schon gesagt hatte, wir werden ein Kind haben, aber zuerst verlieren wir eines.

Sag mir nicht solche schrecklichen Dinge, sagte Raoul, du beschwörst sie ja geradezu. Komm, trink noch ein Glas Champagner.

Nimm mich, bat Aleks leise, bitte, damit ich den Verstand verliere.

Ich bin doch keine Sexmaschine, sagte Raoul, und sie standen beide auf, er trat hinter sie, öffnete den Reißverschluß ihres engen Kleides und zog es ihr langsam über den Kopf.

Schlaf gut, sagte Raoul später, als sie zusammen im Bett lagen und sich an den Händen hielten.

Du auch, sagte Aleks, du auch, und küßte sein ganzes Gesicht, den weichen Mund; ein wenig siehst du übrigens aus wie eine Schildkröte sagte sie, hat das eine einzige deiner fünfundfünfzig Geliebten jemals bemerkt.

Und hat ein einziger deiner sechsundfünfzig Liebhaber jemals dich in den Schlaf gesungen, sagte Raoul, und unerhörte Töne stiegen aus seinem Mund und in Aleks' kleinen Kopf, der sich ausdehnte und wuchs in den heitersten, blausten Himmel hinein.

Und in ihrer beider Halbschlaf klingelte das Telefon, es war Ulrike, die aus Augsburg anrief und aufs Band sprach, sie war seit heute verheiratet. Ihr Ehemann Dennis, den sie seit gut drei Wochen kenne, sei ohne seinen türkischen Vater in einem österreichischen Dorf aufgewachsen; er male traurige Bilder und lebe in einem psychosomatischen Therapiezentrum, wo er als Küchenhilfe arbeite und kaum Geld verdiene. Ulrike brauchte dringend zehntausend Mark, die Aleks ihr vielleicht ausleihen könne, um in einer süddeutschen Kleinstadt eine Praxis für Atemtherapie aufzubauen. Dort wolle sie leben mit Dennis; mehr als sich selbst liebe er indische Musik –

Nachgestellt

Für ein Kind, das namenlos starb und vor seiner Geburt

du erscheinst in keiner Statistik; dein Ort ist einzig hier und im Gedächtnis das schlagende Herz am 8. Mai auf dem Ultraschallmonitor für eine halbe Minute dem Verborgenen entrissen (Wir besichtigten gleich danach ein Mehrfamilienhaus an bevorzugter Wohnlage)

Paul Klee hat dich 1939 gezeichnet: Vergeßlicher Engel, und ich schreibe auf, wann du geboren bist: am 30. Mai 1996 im Stadtspital Zürich-Triemli, Mittwoch um elf Uhr morgens ungenau, es war längst Donnerstag. Die Rolläden im Gebärsaal Nr. 5 waren halb heruntergelassen, rechts strahlte der Himmel, links garantierte die Babywaage eine Genauigkeit von plus minus zehn Gramm.

Niemand legte das Kind auf die Waage, niemand sah auf die Uhr.

Ich tat es heimlich, war es nicht lächerlich, da diese Geburtsminute für kein Horoskop zu gebrauchen war, das Schicksal und Charakter vor uns ausgebreitet hätte: Bloß ein halbes Pfund Fleisch, lagst du auf der saugfähigen Unterlage in der Vitrine einer Metzgerei.

Man stellte Patentrezepte aus, verschrieb Tabletten gegen Phantomschmerzen und den Milcheinschuß.

Ein paar Tage später sah ich in einem Museum den Vergeßlichen Engel, und ich sah das Kind, den blutroten Körper so rot, als müsse er gleich verbrennen: Es hatte in seiner Eile, zur Welt zu kommen, etwas Lebenswichtiges vergessen und war nun zurückgekehrt an jenen nicht vorstellbaren Ort, um es zu holen

das war mein Trost.

Die Ärzte verordneten Trauerarbeit (dreimal täglich vor dem Essen anzusehen): 3 Polaroidfotos in einem Briefumschlag, der beschriftet ist mit meinem Namen, mit meinem Geburtsdatum. Auf den Fotos ist das Kind

hat jemand hier vielleicht Noemi gesehen

und kein Maßstab.

Deine sechzehn Zentimeter wird man so lange zerlegen, daß nichts mehr von dir übrigbleibt: Deine analysierten Erbanlagen übertreffen dein Horoskop bei weitem

an Genauigkeit.

Das Kind hat zu leben aufgehört, als es nur noch hätte wachsen müssen,

alles war ausgebildet, die Finger, die Nase, das Zwerchfell und

die Nabelschnur, die es dreimal verzweifelt eng um seinen Hals gelegt hat;

dein Herz, das zu schlagen aufhörte

(Das Haus hätten wir haben können)

Die Autorin dankt der Schweizer Kulturstiftung PRO HELVETIA, dem Suhrkamp Verlag in Zürich und der Stadt Zürich für die Unterstützung sowie den Künstlerinnen Marketa Bártos und Selma Weber für die Gespräche über ihre Arbeit und die Erlaubnis, zwei Titel ihrer Werke, *Handle with Care* respektive *Neunzehn Tage Ungewißheit*, zu verwenden.